镜迷宫

2

像颗明珠
在阴森的夜里
高悬

莎士比亚十四行诗的世界

包慧怡 著

华东师范大学出版社

·上海·

目录

只要你还保持着你的青春，
镜子就无法使我相信我老；
我要在你的脸上见到了皱纹，
才相信我的死期即将来到。

因为那裹着你一身的全部美丽
只是我胸中这颗心合适的衣裳，
我俩的心儿都交换在对方胸膛里；
那么，我怎么还能够比你年长？

所以，我爱呵，你得当心你自身，
像我当心自己（为你，不为我）那样；
我将小心地在胸中守着你的心，
像乳娘情深，守护着婴儿无恙。

我的心一死，你的心就失去依据；
你把心给了我，不能再收它回去。

My glass shall not persuade me I am old,
So long as youth and thou are of one date;
But when in thee time's furrows I behold,
Then look I death my days should expiate.

For all that beauty that doth cover thee,
Is but the seemly raiment of my heart,
Which in thy breast doth live, as thine in me:
How can I then be elder than thou art?

O! therefore, love, be of thyself so wary
As I, not for myself, but for thee will;
Bearing thy heart, which I will keep so chary
As tender nurse her babe from faring ill.

    Presume not on thy heart when mine is slain,
    Thou gav'st me thine not to give back again.

除了集中出现于诗集开篇的 17 首惜时诗，154 首十四行诗中的其他五大主题并非按数字排序密集出现，而是分布在整个诗系列的各处。在 18—21 这四首探讨创造的元诗后，商籁第 22 首是诗集中第一首纯粹的情诗。

本诗以"照镜子"的情境开篇，并且用 glass 一词指代 mirror，这在诗系列中已经不是第一次了，比如之前的商籁第 3 首，"照照镜子，告诉你那镜中的脸庞"（Look in thy glass and tell the face thou viewest）；还有之后的商籁第 62 首，"但当我的镜子照出我的真相，/ 全被焦黑的老年捶得稀烂"（But when my glass shows me myself indeed / Beated and chopp'd with tann'd antiquity）；或者第 77 首，"你的镜子将告诉你美如何消逝"（Thy glass will show thee how thy beauties wear）；以及第 103 首，"照照镜子，镜中的面孔浮现 / 多么超越我笨拙的创作"（Look in your glass, and there appears a face/That over-goes my blunt invention quite）等。在这些诗中，镜子总是作为一种序幕存在，映出照镜者的容颜，并敦促他进行关于自己或爱人之青春和死亡的沉思，是一种比中世纪虚空画（*vanitas*）中常常映出骷髅的圆镜更为温和的死亡预警（*memento mori*）。

但本诗开篇却向镜子这个惯来诚实的目击者发出反击：即使镜中照出"我"日渐衰老的脸，它也不能说服"我"相信自己年事已高（My glass shall not persuade me I am old）——只要"你"还葆有青春，"与青春同期"（So long as youth and thou are of one date）。从反面来说，假使"你"的脸上出现了皱纹，这"时光犁地的痕迹"（But when in thee time's furrows I behold），那"我"就"盼望死神来终结我的岁月"（Then look I death my days should expiate）——莎士比亚时代 expiate 一词的常见义项"终结"（put an end to sth.）今天已经几近消失了，现代英语中 expiate 更多用其词源义项"赎罪"（atone for, make amends for），比如《旧约·以赛亚书》第 47 章第 11 节："灾害落在你身上，你也不能除掉。"（Disaster shall fall upon you, which you will not be able to expiate）不过本诗中的 expiate 多少也带有第二种意思，在这一隐藏句意中，诗人说一旦爱人年华老去，自己就要"清算"自己一生的过错，也就是不欲继续存活下去。下一节四行诗中出现了全诗的核心奇喻（conceit），"以心换心"：

For all that beauty that doth cover thee,

Is but the seemly raiment of my heart,

Which in thy breast doth live, as thine in me:

How can I then be elder than thou art?

因为那裹着你一身的全部美丽

只是我胸中这颗心合适的衣裳，

我俩的心儿都交换在对方胸膛里；

那么，我怎么还能够比你年长？

"你"美丽的容貌被比作一件雍容的外衣，而且是"我心灵的外衣"（raiment of my heart），"你"的皮囊包裹着"我"的心，相应地，"你"的心则住在"我"的胸膛里。你我二人是实际上的"你中有我，我中有你"，故只要"你"还葆有青春，"我"也就不可能老去（How can I then be elder than thou art?），我俩实为一体。没有比这更热辣辣的爱的表白了，并且诗人的口吻中彰显出一种自信，即两人的彼此相爱是他确知的事实，否则也就不会有基于心意相通的"以心换心"。因此第三节四行诗（全诗的转折段）中的劝诫也就格外恳切，仿佛诗人是在对另一个自己说话：

O! therefore, love, be of thyself so wary

As I, not for myself, but for thee will;

Bearing thy heart, which I will keep so chary

As tender nurse her babe from faring ill.

所以，我爱呵，你得当心你自身，

像我当心自己（为你，不为我）那样；

我将小心地在胸中守着你的心，

像乳娘情深，守护着婴儿无恙。

第三节四行诗（以及第二节的后半部分，还有对句中）出现了大量反身代词和形容词与名词性所有格，大量的"你的""我的""你自己""我自己"被浓缩在一套建立在互惠原则（reciprocity）上的情话中，仿佛"你"与"我"互为镜中人。诗人对爱人发出呼吁：请保重自己，珍惜自己的青春美貌，这也就是珍惜"我"的心，因为"你"的身体就是"我"心的外衣；而"我"也会保重自己的身体，却不是为了"我"自己，而是为了其中居住着的"你"的心。这样一来，无论是请"你"保重自己，还是"我"自己珍重，都是为了"你"的缘故，叙事者至此已为自己建立起一个互惠性外表下的、单方面无私的恋人形象。这已是非常露骨的情话，而对句中骤然出现的暴力元素则为这首款款吐露心曲的温柔情诗带去了几分霸气，一种深陷热恋中的人不难理解的几近专横的撒娇：

Presume not on thy heart when mine is slain,

Thou gav'st me thine not to give back again.

我的心一死，你的心就失去依据；

你把心给了我，不能再收它回去。

诗人在诗末几乎发出了一种"爱的威胁"：如果听完上述话语的"你"仍不肯好好珍惜自己的身体，那么当"你"

扼杀自己的美之时，就是杀死住在"你"体内的"我"的心之日；而"我"也不会交回"你"放在"我"体内的原本属于"你"自己的心——"你"将成为一个无心者。最后一行至少可以作两重理解：一是"我们"既然已相爱到了交换心脏的地步，就不可能说收回就收回，这种心心相印的交换一旦发生，就是绝对不可逆的，当"你"杀死了"我"的心，"我"就没有能力交回"你"的心；二是顺着上文的逻辑，"我"的心破碎之日（因为"你"没有照顾好"我"的心的居所，即"你"的身体），"我"的身体也会跟着憔悴而伤毁，那么住在"我"体内的"你"的心也会跟着虚弱，同样导致无法交还给"你"的结局。

这绕口令般的爱的宣言是诗人对读者的才智发出的调皮的小挑战，更是莎士比亚身上属于玄学诗人品质的体现。"心"自古以来就在许多文明中被看作情感的发生器官，以"心"作为核心奇喻的情诗当然不是莎士比亚的独创，他的中世纪意大利先驱彼特拉克，还有同时代的英国同胞、宫廷诗人菲利普·西德尼爵士都写过围绕"心"展开游戏的诗篇，但他们的这类作品无一达到莎士比亚商籁第22首中奇思、玄想与深情之间复杂的平衡与巧妙的和谐。

【附】不妨对比菲利普·西德尼爵士这首比莎士比亚十四行诗系列早不了多久的《交易》(*The Bargain*)，这也是一首"换心情诗"：

The Bargain

Sir Philip Sidney

My true love hath my heart and I have his,
By just exchange one for another given.
I hold his dear, and mine he cannot miss:
There was never a better bargain driven.

My true love hath my heart and I have his.
His heart in me, keeps him and me in one.
My heart in him, his thoughts and senses guides;
He loves my heart, for once it was his own:

I cherish his, because in me it bides
My true love hath my heart and I have his.

交易

菲利普·西德尼爵士

我的真爱持有我的心，我持有他的，
通过公平的交换，以一换一。
我珍藏他的心，他也不会丢失我的：
从来没有比这更美妙的交易。

我的真爱持有我的心，我持有他的。
他的心在我之中，将他和我保全为一体。
我的心在他之中，指引他所思所感；
他爱我的心，因为它曾属于他自己：

我珍爱他的心，因为它居住在我体内
我的真爱持有我的心，我持有他的心。

（包慧怡 译）

《青年肖像》，佛莱芒画家"《圣古杜拉教堂风景画》
大师"（Master of the View of St Gudula）作品，
约 1480 年。青年翻开的心形手抄本在中世纪晚期
至文艺复兴早期尤为流行

像没有经验的演员初次登台，
慌里慌张，忘了该怎样来表演，
又像猛兽，狂暴地吼叫起来，
过分的威力反而使雄心发软；

我，也因为缺乏自信而惶恐，
竟忘了说出爱的完整的辞令，
强烈的爱又把我压得太重，
使我的爱力仿佛失去了热情。

呵，但愿我无声的诗卷能够
滔滔不绝地说出我满腔的语言，
来为爱辩护，并且期待报酬，
比那能言的舌头更为雄辩。

　　学会读缄默的爱情写下的诗啊；
　　用眼睛来听，方是爱情的睿智啊！

As an unperfect actor on the stage,
Who with his fear is put beside his part,
Or some fierce thing replete with too much rage,
Whose strength's abundance weakens his own heart;

So I, for fear of trust, forget to say
The perfect ceremony of love's rite,
And in mine own love's strength seem to decay,
O'ercharged with burthen of mine own love's might.

O! let my looks be then the eloquence
And dumb presagers of my speaking breast,
Who plead for love, and look for recompense,
More than that tongue that more hath more express'd.

O! learn to read what silent love hath writ:
To hear with eyes belongs to love's fine wit.

商籁第 22 首以"心"为核心意象，紧接着的商籁第 23 首中，眼睛、舌头、耳朵等今人所谓五感中的三种也将登场，共同演绎一幕十四行的感官迷你剧。本诗也被看作一首暗示了语言的局限性的元诗。

第 23 首开篇伊始，诗人提到了自己的本行：剧院、舞台、演员。叙事者自比为一名青涩的、不完美的演员，因为太过恐惧而忘记了自己的角色（As an unperfect actor on the stage, /Who with his fear is put beside his part）；又自比"一头猛兽，胸中充满太多激情，/ 充沛的力量反而削弱了他的勇气"（Or some fierce thing replete with too much rage, /Whose strength's abundance weakens his own heart）。

第二节四行诗中，这位战战兢兢的恋人，这位初出茅庐的演员，出于一种"信任危机"，进一步犯下演员所能在舞台上犯的最可怕的错误：忘词（So I, for fear of trust, forget to say /The perfect ceremony of love's rite）。此行中的 for fear of trust，可以是不敢相信自己（fearing to trust myself），也可以是由于难以承受"你"对"我"的信任而胆战心惊（overwhelmed by your trust for me）；而梁宗岱译本中"爱情的仪节的彬彬盛典"（perfect ceremony of love's rite）除了字面上对婚礼仪式（marriage ceremony）的显著指涉——虽然考虑到本诗中相爱双方的身份和性别，以及在伊丽莎白时期的英国两者之间公开举行婚礼是多么地绝无可能，这里的婚礼仪式多少有了些戏谑的意思——还通过对庆典、仪式（ceremony, rite）的反复强调，提醒读者将这首十四行诗当作一出迷你戏剧来看，再度呼应第一节中的演员比喻。本节的后半部分再次指出，"我"作为一个"演员"却频频忘词，恰恰是因为难以承受胸中深爱的负担（And in mine own love's strength seem to decay, / O'ercharged with burthen of mine own love's might）。

虽然以演员和野兽自比，前两节八行诗完全可以看作诗人对自己实际从事的行业（用语言和诗来表达情感）及其有效性和终极可能性所进行的反思，这也是元诗系列集中处理的核心问题。我们可以在这首诗中看到一些古老修辞传统的影响，比如中世纪作品中的常见修辞法"哑口无言"母题（inexpressibility topos）——先巨细无遗地把对象描述一遍，然后说连伟大的古希腊罗马诗人（最常援引的几位是荷马、维吉尔、贺拉斯等）都完全没有能力还原眼前的景象。与之紧密相连的还有"谦称法"（humility topos），两者都用于中世纪文学作者的自谦语境中，谓其无法用自己的文笔去恰如其分地刻画描写对象的美丽，后者有时也被称为"佯装谦虚"（affected modesty）。诗人在商籁第23首中一再贬抑自己的舌头，说自己笨口结舌，缺乏口才和雄辩能力；却转而提出了另一种器官，即眼睛，它们虽然哑口无声，却是"我胸中万千话语的代言者"：

O! let my looks be then the eloquence

And dumb presagers of my speaking breast,

Who plead for love, and look for recompense,

More than that tongue that more hath more express'd.

呵，但愿我无声的诗卷能够

滔滔不绝地说出我满腔的语言，

来为爱辩护，并且期待报酬，

比那能言的舌头更为雄辩。

在 1609 年的初版四开本中，第 9 行（let my looks be
then the eloquence）中的 my looks 被印作 my books。后世
的编辑们多半将此处校勘为 "looks"，因为它与本诗中关于
交换爱意的目光、用眼睛代替双耳等各种表述呼应得更好
（参见第 12 行和第 14 行）。不过，如果保留原四开本中的
books，这首商籁的核心诉求依然成立（"请阅读我的诗／
我的书"），同时又像商籁第 11 首那样，有趣地触及了莎士
比亚对印刷媒介的自主意识，以及作为大规模印刷的书籍
（而非小范围传阅的手稿）的作者的身份自觉性。无论是哪
一种情况，在本诗接近结尾的地方，被作为眼睛的对立感
官提出来的，是告白者的舌头（More than that tongue that
more hath more express'd），以及被告白者的耳朵：

O! learn to read what silent love hath writ:

To hear with eyes belongs to love's fine wit.

学会读缄默的爱情写下的诗啊；

用眼睛来听，方是爱情的睿智啊！

"三寸不烂之舌""舌灿莲花""口若悬河"……汉语里亦不缺少关于舌头及其官能（演说）的潜在欺骗性的表达。诗人在第三节末尾和对句中提醒他的俊友，滔滔不绝的舌头——或许属于另一位或几位俊美青年的追求者，甚至就是后文中更直接出现的对手诗人（rival poet）——总是说的比实际感受到的更多。如果"你"寻求的是真情，请对他们的舌头闭上耳朵吧，不要用耳朵听，而要用眼睛看，看"我"同样用眼睛在沉默中写下的诗行（read what silent love hath writ）。如果"你"一定要倾听情话，就用眼睛去倾听吧，以目代耳（To hear with eyes），这才是"爱情的精细的官能"（love's fine wit）。中古英语中使用 five wits 来指代视觉、听觉、嗅觉、味觉、触觉五种身体感官，或称"外感官"（中世纪感官论中另有五种"内感官"）。在莎士比亚精心挑选的措辞中（使用 five wits 而不是早期现代英语中更常见的 five senses 表示五感），我们可以看到绝非偶然的双关——wit 另有"智慧，才智"之意。全诗最后一行亦可译成："以目代耳，才是爱情微妙的智慧所在。"（To hear with eyes belongs to love's fine wit)

约珥·费恩曼认为，莎士比亚将语言描绘成"不是某种理想的、专司忠实反映之物，而是具有可败坏的语言学特征"，并举出上述最后一行（To hear with eyes belongs to love's fine wit）为例，说它展现了莎士比亚对词语之缺陷的几近偏执的关注，而莎氏的许多十四行诗都"反对一种强大传统，即那种在诗学和语言学上对词语进行理想化的传统：认为词语在某种意义上就是它们所谈论的事物"。[1] 对他和其他许多学者而言，这首诗的元诗价值超过了它作为情诗的价值，也就不足为奇了。

法国象征主义文学后期代表人物保罗·克洛岱尔于1946年出版过一部文艺随笔集，书名就叫《以目代耳》（*L'Œil écoute*）。眼睛和其他身体感官（wit/sense）及其官能（faculty）之间的互动还会在之后的好几首商籁中重新披挂上阵，为读者提供全新的诗学经验。

1 Joel Fineman, *Shakespeare's Per-jured Eye*, pp. 116–18.

我的眼睛扮演了画师，把你
美丽的形象刻画在我的心版上；
围在四周的画框是我的躯体，
也是透视法，高明画师的专长。

你必须透过画师去看他的绝技，
找你的真像被画在什么地方，
那画像永远挂在我胸膛的店里，
店就有你的眼睛作两扇明窗。

看眼睛跟眼睛相帮了多大的忙：
我的眼睛画下了你的形体，
你的眼睛给我的胸膛开了窗，
太阳也爱探头到窗口来看你；

　但眼睛还缺乏画骨传神的本领，
　只会见什么画什么，不了解心灵。

Mine eye hath play'd the painter and hath stell'd,
Thy beauty's form in table of my heart;
My body is the frame wherein 'tis held,
And perspective it is best painter's art.

For through the painter must you see his skill,
To find where your true image pictur'd lies,
Which in my bosom's shop is hanging still,
That hath his windows glazed with thine eyes.

Now see what good turns eyes for eyes have done:
Mine eyes have drawn thy shape, and thine for me
Are windows to my breast, where-through the sun
Delights to peep, to gaze therein on thee;

 Yet eyes this cunning want to grace their art,
 They draw but what they see, know not the heart.

商籁第24首是莎士比亚十四行诗系列中公认最费解的作品之一，也是第一首典型的"玄学诗"作品。在这首诗中，我们将首次接触贯穿整个诗系列的"眼"与"心"的辩证法。眼睛与心灵之间的合作、分工或对立将是此后一系列玄学诗的主题。

　　差不多在莎士比亚写作的同时期，尤其是在比他晚出生一代人左右的、主要活跃于17世纪的欧洲诗人中，出现了一种被批评家塞缪尔·约翰逊（Samuel Johnson）在18世纪称为"玄学诗"（metaphysical poetry）的风格，这种风格又被称为"巴洛克风格"。这种诗歌的主要风格特点是高度原创、往往出人意料的"奇喻"（conceit），修辞和表达情感上的夸张（被部分批评家认为是矫揉造作），以及对各种或渊博或晦涩的文理知识的创造性运用。最后一个特征常被后世批评家认为是过分炫耀学识，比如约翰逊就颇不屑地写道："玄学派诗人都是些饱学之士，而他们唯一的努力就是要炫耀学识；但是，选择韵诗来炫耀学识是他们的不幸——他们写下的不是诗，只不过是一堆分行，而且，这种分行体经不起耳朵的考验，只能用手指翻翻；因为它们在对音乐性的掌控上如此拙劣，以至于就连称之为'分行'都是我们一个个去数音节的结果……"约翰逊博士的毒舌是典型的英伦特产，不过，玄学派诗人们的诗学成就在20世纪之前一直都受到低估。他们中的英国代表人物包括约翰·多恩（John Donne）、乔治·赫伯特（George Herbert）、亨利·沃罕（Henry Vaughan）、安德鲁·马维尔（Andrew Marvell）和理查德·克拉肖（Richard Crashaw）。其中，一般被看作诗学成就最高的约翰·多恩只比莎士比亚晚出生八年。

很多年前我第一次阅读莎士比亚的诗歌作品时，曾一次又一次地感到，莎氏许多十四行诗的核心风格和玄学派诗人们的作品惊人地相似。这种直觉在此后长期的阅读中反复得到印证，直到我读到 20 世纪研究玄学派诗歌最重要的学者之一海伦·加德纳（Helen Gardner）的论著。加德纳在她的代表作《玄学派诗人》（*Metaphysical Poets*, 1957）中将莎士比亚，还有比他早出生十二年的、伊丽莎白时期最杰出的航海家诗人沃特·罗利爵士（Sir Walter Raleigh），都归为"原始玄学派"（proto-metaphysical）。换言之，典型玄学派诗人的风格特征已经可以在他们的作品中大量找到。现今的学者大多不会把莎士比亚归为玄学派诗人，但他诗歌中上天入地的奇思妙想，对星相学、炼金学、历法、航海、植物学等领域的广泛涉猎，信手拈来的复杂倒装句和套句，还有——谁能否认呢——诉说情思时毫不回避的夸张和藻饰，都无疑是玄学派诗歌的核心特色。出于权宜而非精确性，我们把十四行诗系列中集中体现这些特色的那部分作品归为莎士比亚的"玄学诗"。而商籁第

24 首是整个系列中第一首玄学诗，也是他最典型的玄学诗之一。

　　这首诗的核心比喻是："我的眼睛"作为"画家"画下"你的肖像"（第 6 行中的 your true image），以及"我的心"作为一间"画室"悬挂这幅肖像（第 7 行中的 shop 不是商店，而是 workshop、studio，画家的工作室、画室）。核心动词是第 4 行中以名词形式出现的"透视"（perspective），其拉丁文词源是 *per-*（through）+*spicere*（look, see），to see through，既是透过某物去看另一物，也是彻底地看，从前到后地看，"看透"。画家需要借助透视去"看透"并描摹被画的对象，被画的对象也需要透过画家去"看透"他的技艺（For through the painter must you see his skill）。这种技艺始于爱，终于一幅悬挂在"我"的"心房－画室"中的肖像，而被画者的眼睛则为这间画室镶上了窗玻璃，"你"的眼睛成了"我"心房的窗（That hath his windows glazed with thine eyes）。这也就是第三节四行诗中说的，"看，双方的眼睛都为彼此做了好事"（Now see what good turns eyes for eyes have done）："我"的眼睛画下"你"的肖像，"你"的眼睛成为"我"心灵的窗。这窗和窗背后的"你"（"你的肖像"）如此美丽，连太阳都要透过这扇窗去窥视"你"（where-through the sun/Delights to peep, to gaze therein on thee）。

一些学者把前三节四行诗中"我的眼睛——画家；你的眼睛——心窗"的组喻解作莎士比亚在描绘爱人之间的互相对望，在彼此眼眸中看到自己的过程。这种看法自有其表层的可信性，但本诗最为着力处并不在于歌颂画家与被画者之间爱的互动，而是要在表面对"眼之画工"的盛赞下，凸显一种对于"眼之所见"的权威的忧虑和怀疑。这一深重的怀疑要到诗末的对句中才会被点明：

Yet eyes this cunning want to grace their art,

They draw but what they see, know not the heart.

但眼睛还缺乏画骨传神的本领，

只会见什么画什么，不了解心灵。

盛行于古典哲学和早期基督教传统中的"抑肉扬灵"的灵肉二元论，其影响贯穿于整个中世纪，在中世纪晚期和文艺复兴早期的宗教和文学作品中表现为一种对身体、身体的五种感官，乃至所有感官体验的普遍不信任。通过视觉、听觉、嗅觉等五官得到的感官认知（sensory perception）被人为地与灵性认知（spiritual perception）对立起来。中世纪作家甚至需要发明一整套"心之感官"或者"内感官"的词汇，作为"肉之感官"或者"外感官"的对立，才能以看似中立或褒扬的口吻谈论身体感官和感官体验。一如 12 世纪法国神学家里尔的阿兰（Alan of Lille）所言："心之双眼被肉之迷雾所遮蔽，在这场日食中变得虚弱、孤立、迟滞。因此，肉身的影子可鄙地裹住了人类的理性之光，精神的荣光亦变得毫无荣耀可言。"[1] 类似的表述还有心之耳、心之口、心之手等。又比如明谷的贝尔纳则在对《雅歌》的评注中使用一连串赋予感官以精神维度的比喻，并将渴求上帝的过程描述成一种触觉经验："你将用信仰之手、渴望之指、虔敬之拥抱去触摸；你将用心灵之眼去触摸。"[2] 言下之意，眼睛是具有欺骗性的，眼见为虚，外在的肉体的视觉无法洞穿心灵的秘密，如果一定要"看"，也必须通过内在的心灵的视觉去洞察人心。

这种态度或可被概括为"视觉怀疑主义"（ocular-skepticism），其深重而广泛的影响在莎士比亚写作的年代依然阴魂不散。眼见未必为实，在社会现实和诗的现实中都如此，一首看似勾勒爱人的可见之美的情诗，最后却演绎了一种不信任肉眼所见的、普遍的感官怀疑论。在这首商籁处处对称或交叉的句法深处，藏着对观看者及其所能见者、所欲见者之间可能的互动的反思，一种在经典认知论的边缘不断试探的形而上学的激情。

[1] Alan of Lille, *The Plainte of Nature*, pp. 183–84.
[2] 转引自 Bernard McGinn, *The Growth of Mysticism*, p. 187。关于中世纪至文艺复兴思想中的视觉怀疑主义，详见包慧怡《中世纪文学中的触觉表述:〈高文爵士与绿衣骑士〉及其他文本》(《外国文学研究》2018 年第 3 期，第 153—164 页)。

"眼睛缺乏这份能为其艺术增光的洞察力，
它们不过是画下所见，无法洞悉心灵。"

那些被天上星辰祝福的人们
尽可以凭借荣誉与高衔而自负，
我呢，本来命定没这种幸运，
不料得到了我引为光荣的幸福。

帝王的宠臣把美丽的花瓣大张，
但是，正如太阳眼前的向日葵，
人家一皱眉，他们的荣幸全灭亡，
他们的威风同本人全化作尘灰。

辛苦的将士，素以骁勇称著，
打了千百次胜仗，一旦败绩，
就立刻被人逐出荣誉的记录簿，
他过去的功劳也被人统统忘记：

　　我就幸福了，爱着人又为人所爱，
　　这样，我是固定了，也没人能改。

Let those who are in favour with their stars
Of public honour and proud titles boast,
Whilst I, whom fortune of such triumph bars
Unlook'd for joy in that I honour most.

Great princes' favourites their fair leaves spread
But as the marigold at the sun's eye,
And in themselves their pride lies buried,
For at a frown they in their glory die.

The painful warrior famoused for fight,
After a thousand victories once foil'd,
Is from the book of honour razed quite,
And all the rest forgot for which he toil'd:

    Then happy I, that love and am belov'd,
    Where I may not remove nor be remov'd.

1563 年，也就是莎士比亚出生那一年，作家兼星相学家托马斯·希尔（Thomas Hyll）出版了第一本用英语写就的园艺普及书：《利润丰厚的园艺之道》（*The Profitable Arte of Gardening*）——该书的初版有个更长的名字《一篇简短有趣的教人如何装饰、播种和布置一座花园的论文》（*A Most Briefe and Pleasaunte Treatyse, Teachynge How to Dresse, Sowe, and Set a Garden*）。希尔在其中提到一种英文名叫 marigold（金盏菊）的植物，并详细描述了它黎明开放、黄昏闭合的属性："这种花一开一合，宣告黎明和黄昏的到来，因此又被叫作'农夫的钟表'。它还被称作太阳之花，从日出到正午，金盏菊一点点盛开；从正午到黄昏，花瓣又一点点收拢，一直到夜幕降临，花瓣完全闭合。"同一年，外科医生威廉·布林（William Bullein）出版了医学论著《布林的堡垒》（*Bullein's Bulwarke*），并在其处理药草的第一卷中提到了金盏菊，说它"又叫太阳花（*solsequium*，拉丁文直译'跟随太阳'），其花逐日而转，黄昏则合拢于夕阳的金辉中"。

希尔的园艺书在莎士比亚青少年时期极为畅销，受到鼓舞的作者在 1577 年用戴迪姆斯·芒顿（Didymus Mountain）的笔名又出版了一本续作《园丁的迷宫》（*The Gardener's Labyrinth*），同样大获成功。在这第二本著作中，希尔再次谈论金盏菊："一到正午，它们的花瓣就完全舒展开，仿佛渴望用张开的手臂迎接自己的新郎。"这些园艺和草药百科图鉴，和前文所述约翰·杰拉德的《草木志》一样，都是莎士比亚时代十分流行的"实用书籍"。威廉，这个来自沃里克郡乡间的前镇长的儿子，并不像一般人想象的那样无书可读——无论他对草木花卉及其特性和功能的知识来自这类实用书籍，还是来自儿时在大自然怀抱中的尽情撒欢和细致观察，更可能的情况是两者兼有。当他在商籁第 25 首中将"吉星高照的"宠臣比作追随太阳舒展枝叶的金盏菊（明喻，屠译错译为"向日葵"，应为"金盏菊"），而将他们的恩主比作太阳（暗喻）时，敏感的读者立刻会知道，这不是出自偶然的妙手或快乐的巧合："王公的宠臣舒展他们美妙的叶片 / 不过像金盏菊盼太阳的眼睛看顾。"（Great princes' favourites their fair leaves spread/But as the marigold at the sun's eye）

　　要知道"太阳的眼睛"就是太阳本身——莎士比亚更经常用来指喻太阳的词组是"苍穹之眼"（eye of heaven）——这个以局部替换整体的借代（metonym）为一个单纯的植物比喻注入了人情世故，我们仿佛可以看到那些坐在权力宝座最高处（以伊丽莎白一世为首）的"太阳"们如何用一个眼神决定那些亦步亦趋的"金盏菊"的命运。金盏菊（拉丁学名 *Calendula officinalis L.*）这种菊目菊科金盏花属草本植物，有时会和与其形似的万寿菊（学名 *Ta-*

getes erecta L.）混淆——两者的英文名字都是 marigold。但是万寿菊原产墨西哥且花瓣更长，不具有金盏菊那样完美的圆形攒心结构。西德尼·比斯利在《莎士比亚的花园》中认为莎翁笔下的 marigold 是南茼蒿（学名 *Glebionis sege-tum*）。[1] 但南茼蒿甚至不是菊目植物，而是桔梗目下的单瓣植物，形态与莎士比亚及其同时代人笔下的 marigold 相去较远。南茼蒿在当时的英国主要作为食用蔬菜培育，花瓣颜色多为黄心白尾，也与诗人笔下纯金的金盏菊不符。在与十四行诗系列写于同一时期的叙事长诗《鲁克丽丝遇劫记》中，莎士比亚曾将熟睡中的鲁克丽丝的美貌比作在夜间隐藏自己光芒的金盏菊：

Her eyes, like marigolds, had sheathed their light,

And canopied in darkness sweetly lay,

Till they might open to adorn the day.

她宛如金盏菊的双眸已收敛了灵辉，

正在甜蜜休憩，荫蔽于夜的幽晦，

等待睁开的时分，好把白昼点缀。

（包慧怡 译）

金盏菊在英国的通用名"圣母金花"（marigold 直译"玛丽的金子"）或许和它覆盖整个夏日的漫长花期有

1　西德尼·比斯利，《莎士比亚的花园》，第 108—110 页。

关——包括八月十五日的圣母升天节。但它的拉丁通用名 *Calendula*（直译"月历花"）则来自拉丁文 *calendae*，意为"每个月的第一天"。或许因为它几乎在每个月都能种活，金盏菊是中世纪和文艺复兴时期英国最常用来装饰教堂祭坛的花朵之一。此外，如它的拉丁别名 *solsequium*（太阳花）所暗示的，金盏菊是一种与日神赫利俄斯（He-lios）——罗马日神索尔（Sol）的希腊原型——紧密相关的花朵。

另一种被相信具有"向日"属性的植物同样和赫利俄斯有关。奥维德《变形记》第四卷第 190—270 行记载了大洋宁芙克吕提厄（Clytie）的爱情悲剧：她曾是赫利俄斯的情人，但赫利俄斯移情别恋爱上波斯公主琉科托厄；嫉妒的克吕提厄向波斯王告发了这段情事，波斯王下令将被玷污的女儿活埋于黄沙中；赫利俄斯得知后，彻底断绝了和克吕提厄的关系。悲伤欲绝的克吕提厄一连九天不吃不喝，坐在岩石上以目光追随赫利俄斯的太阳车，最终憔悴而死，化为一株天芥菜："她的身体变成了一棵苍白的草，但有的部分是红的，面部变成了花。"

天芥菜（heliotrope）的词源来自古希腊语"随日而转"，它在英语中也叫 turnsole，来自中古英语 turnsole 和古法语 tournesol，也是"随日而转"的意思。天芥菜是唇形目紫草科天芥菜属的草本植物，多生长于日光充足的岩石或山坡上，花呈紫红色。在一些晚近的对克吕提厄故事的转述中，天芥菜被不正确地替换成了向日葵（sunflower），其实向日葵得名"太阳花"主要是因其花盘的形状而非逐日属性，并且其金黄的色彩与天芥菜的粉紫红色也对不上号。

熟读《变形记》的莎士比亚一定知道这个故事，也可能下意识地将天芥菜的命运糅入了商籁第25首中金盏菊的命运：一如那些"随日而转"的植物注定会被它们崇拜的对象（太阳）抛弃，那些曾被短暂眷顾的宫廷弄潮儿，只要恩主"一蹙眉"就会失去昔日的荣光："人家一皱眉，他们的荣幸全灭亡，/他们的威风同本人全化作尘灰。"（And in themselves their pride lies buried, /For at a frown they in their glory die）在此诗的第三节四行诗中，诗人又提到，赢得一千次胜利的战士只要输掉一次，就会被从功名之书上消抹（razed quite）。命运之轮片刻不息地转动，尘世荣光永远转瞬即逝，和第一节中"吉星高照"的宠臣及第二节中"随日而转"的金盏花一样，这些都是"变动"和"善逝"的典例，都是为了和最后两行对句中"我"的状态形成反差：由于"我"爱着，也被爱，"我"自身不会"移动"（不会停止爱），也不会"被移动"（停止被爱），"我"的幸福是静止不动的，一如"我"的快乐恒常不移："我就幸福了，爱着人又为人所爱，/这样，我是固定了，也没人能改。"（Then happy I, that love and am belov'd, /Where I may not remove nor be remov'd）诗人在现世的种种不如意面前最终肯定了爱情（或友情，love 和 friendship 这两个词在早期现代英语中常可互换）至高的价值。

这首精巧的博物诗（naturalist poem）围绕金盏菊这一植物意象，展开关于"动还是不动"这两类幸福的沉思，并把一切世俗的功名利禄归入前者，把真心相爱的快乐归入后者。我们可以在商籁第 116 首中追踪莎士比亚对"变动"（remove）及其对爱情之影响的探讨，该诗的名句"爱算不得爱 / 若它一看见别人转变就转变 / 或看见别人离开就离开"是莎氏最著名的爱情宣言之一。

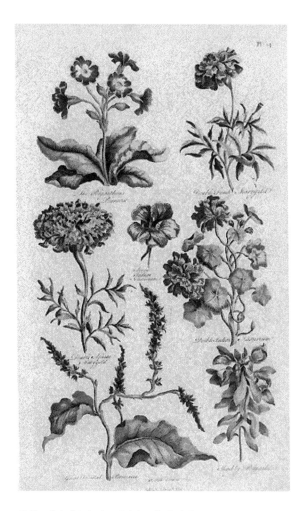

约翰·希尔《伊甸园：园艺大观》中的法国
金盏菊（右上、右中）

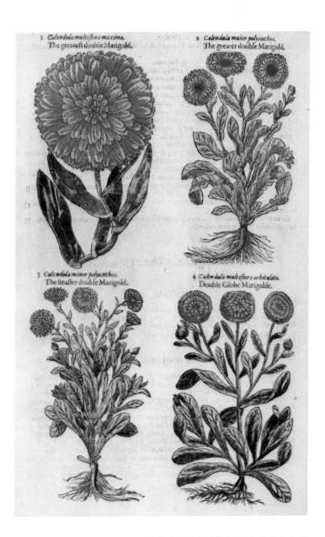

杰拉德《草木志》（1597）中的金盏花

我爱的主呵，你的高尚的道德
使我这臣属的忠诚与你紧系，
我向你派遣这位手书的使者，
来证实我忠诚，不是来炫耀才力。

忠诚这么大，可我的才力不中用——
没词语来表达，使忠诚显得贫乏；
但是，我希望在你深思的灵魂中，
有坦率可亲的好想头会来收藏它：

要等到哪一颗引导我行程的星宿
和颜悦色地给我指出了好运气，
并给我褴褛的爱心穿上了锦裘，
以表示我配承受你关注的美意：

到那时，我才敢夸说我爱你多深，
才愿显示我能给你考验的灵魂。

典雅爱情
玄学诗

Lord of my love, to whom in vassalage

Thy merit hath my duty strongly knit,

To thee I send this written embassage,

To witness duty, not to show my wit:

Duty so great, which wit so poor as mine

May make seem bare, in wanting words to show it,

But that I hope some good conceit of thine

In thy soul's thought, all naked, will bestow it:

Till whatsoever star that guides my moving,

Points on me graciously with fair aspect,

And puts apparel on my tatter'd loving,

To show me worthy of thy sweet respect:

    Then may I dare to boast how I do love thee;

    Till then, not show my head where thou mayst prove me.

商籁第 26 首是整个诗系列中的第一首"信件诗"（epistolary poem）。诗中"我"自称寄信人，向收信人"你"以书面形式送去爱语。醒目的是，诗人在吐露爱语时，通篇使用的都是中世纪骑士精神和"典雅爱情"（amour courtois/courtly love）的词汇。

全诗一开篇就显示了莎士比亚对中世纪骑士文学传统的熟悉，就如他也毫不费劲地从中世纪罗曼司（romance）和历史写作中汲取素材并改头换面为传奇剧、历史剧或叙事长诗。诗人将爱人称作"主公"（Lord）并自称对之负有"扈从的职责"（vassalage），这是中世纪骑士文学中藩臣对君主的措辞，在亚瑟王与圆桌骑士的关系中得到了最典型的体现。其现实来源之一是古代日耳曼社会中领主与扈从、军事首领与战士之间双向的效忠关系，塔西佗在《日耳曼尼亚志》中用拉丁文名词 comitatus（侍卫队）来形容这种关系："酋帅们为胜利而战斗，侍从们则为酋帅而战斗。"[1] 双方的荣誉是这样一种绑定的关系，故诗人用了"编织"（knit）这个动词来强化这种牵绊：

Lord of my love, to whom in vassalage

Thy merit hath my duty strongly knit,

To thee I send this written embassage,

To witness duty, not to show my wit:

1 Agricola Tacitus, *Germania, Dialogus*, p. 14；塔西佗，《阿古利可拉传·日耳曼尼亚志》，第 54 页。

我爱的主呵，你的高尚的道德

使我这臣属的忠诚与你紧系，

我向你派遣这位手书的使者，

来证实我忠诚，不是来炫耀才力。

　　如此语境中，主公同时又是"我爱情的主人"（Lord of my love），结合贯穿本诗的爱情书信（love letter）的措辞，更见诗人用来比喻自己和俊美青年之间关系的"藩臣和君主"关系同时披上了中世纪典雅爱情的外衣，成为"骑士与淑女"之间的关系。"我"向"你"送上这书信作为使者（written embassage），表示"我"无条件地效忠，"我"将如典雅爱情中为了得到淑女之爱的骑士那样承担起满足"你"全部心愿的职责，这份职责如此重大，超出"我"拙劣的语言所能表达的一切，"忠诚这么大，可我的才力不中用——/没词语来表达，使忠诚显得贫乏"（Duty so great, which wit so poor as mine/May make seem bare, in wanting words to show it）。

　　"典雅爱情"一词的地位是由加斯东·帕里斯（Gaston Paris）在《关于圆桌传奇〈兰斯洛：囚车骑士〉的研究》中首先确立的，《兰斯洛：囚车骑士》是 12 世纪法语作者特洛瓦的克雷蒂安的代表作。在帕里斯的定义中，典雅爱情是一个将女性偶像化、崇高化的过程，作为崇拜者的骑士则要不惜一切代价满足心上人的任何愿望，以赢得芳心。这个过程未必涉及性，但也绝非纯粹的精神恋爱，因为性的吸引恰恰是触发这段关系的原力。[1] C.S. 刘易斯在《爱的寓言》中将涉及性的部分说得更加直白，将典雅爱情定义为"一种极其特殊的爱，其特点包括谦卑、文雅、通奸，还有爱之宗教"。[2] 这句话也凸显了典雅爱情的另一个暗面：它很少发生在合法夫妇之间，而是暗中进行的，往往被看作对无涉爱情的中世纪婚姻的一种补偿。

历史学家们——诸如 20 世纪 60 年代的 D.W. 罗伯岑和 70 年代的约翰·C. 摩尔、E. 塔波特·多纳森——声称"典雅爱情"一词实为现代人的发明，没有充足的文献证据可证明它确实存在。不过，"典雅爱情"的近亲"优雅爱情"（fin'amour/fine love）却早在 11 世纪左右就大量散见于普罗旺斯语和法语文献中，绝非今人的生造。一般认为这一传统——至少在文学作品中——在阿奎丹、普罗旺斯、香槟和勃艮第公国最为盛行，传说是阿奎丹的埃莉诺（Eleanor of Aquitaine）及其女儿玛丽（Marie of France）将典雅爱情的理想和习俗先后引入了英法两国的宫廷文学。涉及典雅爱情的文学体裁有抒情诗、寓言故事、罗曼司、训诫文等，最著名的训诫文当属安德雷斯·卡波拉努斯（Andreas Capellanus）模仿古罗马奥维德《爱的艺术》（*Ars Amatoria*，又译《爱经》）所作的《论爱情》（*De Amore*），

1　参见包慧怡，《〈亚瑟王之死〉与正义的维度》（《上海文化》2011 年第 6 期，第 99—110 页）。

2　C.S. Lewis, *The Allegory of Love: A Study in Medieval Tradition*, p. 2.

卡波拉努斯将典雅爱情定义为"纯洁之爱"：

> 是纯洁之爱将两颗心儿销魂地拴在一起。这类爱出于脑的沉思和心的深情，最多只能抱一下，亲个嘴，或小心翼翼地碰一下爱人的裸体，而那最终的慰藉对于想要纯洁地相爱的两人而言是禁止的……那种爱被称为混合之爱，它起于每种肉体的愉悦，止于维纳斯的终极行为。

这段理想主义的话充满了自相矛盾："纯洁之爱"与"混合之爱"当真如此泾渭分明？一个吻、一个拥抱究竟比"维纳斯的终极行为"纯洁多少？不过，至少莎士比亚在商籁第 26 首的字面上为我们呈现的，的确主要是一种精神上的仰慕，一份谦卑到几乎战战兢兢的、不经对方的允许和配合都不敢说出口的爱意。"我"的措辞拙劣，以至于要顺利表达爱意，反而要仰仗"你"的聪颖，仰仗"你"灵魂中的"奇思妙想"：

But that I hope some good conceit of thine
In thy soul's thought, all naked, will bestow it
但是，我希望在你深思的灵魂中，
有坦率可亲的好想头会来收藏它

conceit（奇思妙想，奇妙的比喻）这个词恰好也是 17 世纪"玄学派诗歌"（metaphysical poetry）的核心修辞手段之一。而本诗第三节进一步将典雅爱情中骑士在淑女面前谦卑的措辞与"星象"术语糅合在一起，正如我们在此前的商籁中看到的，星相学或占星术也是玄学诗人们尤为钟爱的修辞领域。诗人坦言，"我"的爱太卑微，如一件褴褛的衣裳般配不上你，需要等待特定的星辰指引"我"的道路，形成"良好的相位"（fair aspect），才等于为"我"的爱披上了霓裳，让"我"获得示爱的勇气。"相位"（aspect）是最重要的星相学术语之一，指两颗天体之间的相对位置（通常在星盘上以连线表示），常见的相位包括合相（0 度，conjunct）、拱相（120 度夹角，trine）、六合相（60 度夹角，sextine）、冲相（180 度，opposite）、刑相（90 度）等位置。一般只有合、拱、六合被认为是吉利的相位，即本诗第三节四行诗中的：

Till whatsoever star that guides my moving,

Points on me graciously with fair aspect,

And puts apparel on my tatter'd loving,

To show me worthy of thy sweet respect

要等到哪一颗引导我行程的星宿

和颜悦色地给我指出了好运气，

并给我褴褛的爱心穿上了锦裘，

以表示我配承受你关注的美意

"我"的爱是如此谦卑，以至于要掐算天时地利（星相）与人和（"你的才智"）才敢说出口。对句中的 prove 比起该词今日最常见的义项"证明"，更多是它的词源义项"考验\挑战"（put to test）之意。至此，一般典雅爱情中"一切责任都属于骑士，一切权利都归于女士"的不对等的关系得到了登峰造极的表述：

Then may I dare to boast how I do love thee;

Till then, not show my head where thou mayst prove me.

到那时，我才敢夸说我爱你多深，

才愿显示我能给你考验的灵魂。

如果说商籁第 26 首是"我"寄给"你"的第一首"信件诗"，或第一封"情信"，那么隔开 100 首诗之后的商籁第 126 首（结信语情诗）恰恰是"我"致"你"的最后一封诗信，也标志着整个俊美青年序列的终结。这从第 26 首到第 126 首，跨越 100 首十四行诗的遥远的首尾呼应，或许也可以看作诗人对未来世代的读者发起的一场迟缓的考验：别着急，如那句拉丁谚语所言，且让我们慢慢地赶（*festina lente*）。

圆桌骑士特里斯丹与伊索尔德的典雅爱情
（误饮魔药），15世纪手抄本

劳动使我疲倦了，我急忙上床，
来好好安歇我旅途劳顿的四肢；
但是，脑子的旅行又随即开场，
劳力刚刚完毕，劳心又开始；

这时候，我的思念就不辞遥远，
从我这儿热衷地飞到你身畔，
又使我睁开着沉重欲垂的眼帘，
凝视着盲人也能见到的黑暗：

终于，我的心灵使你的幻象
鲜明地映上我眼前的一片乌青，
好像宝石在可怕的夜空放光，
黑夜的古旧面貌也焕然一新。

看，我白天劳力，夜里劳心，
为你，为我自己，我不得安宁。

Weary with toil, I haste me to my bed,
The dear respose for limbs with travel tir'd;
But then begins a journey in my head
To work my mind, when body's work's expired:

For then my thoughts–from far where I abide–
Intend a zealous pilgrimage to thee,
And keep my drooping eyelids open wide,
Looking on darkness which the blind do see:

Save that my soul's imaginary sight
Presents thy shadow to my sightless view,
Which, like a jewel hung in ghastly night,
Makes black night beauteous, and her old face new.

 Lo! thus, by day my limbs, by night my mind,
 For thee, and for myself, no quiet find.

本首与下一首商籁都是处理"行旅中的相思"的别离诗，"我"通篇诉说因爱慕对象的缺席而越发炽热的思念，以及在黑暗中变得尤其敏锐的"灵魂的视觉"。这是一首完成度很高、工于修辞、有传统可依的小情诗。莎士比亚之前或同时代的英语诗人中有不少人处理过"缺席/失眠中的思念"这一母题，最著名的可能要数菲利普·西德尼爵士写于1582年的十四行诗系列《爱星者与星》（*Astrophel and Stella*）中的第89首。西德尼爵士的十四行诗集出版于1591年，莎士比亚熟知或至少读过这108首十四行诗（和穿插其中的11首短歌）。我们在本篇末尾附上菲利普爵士的第89首商籁原文，供大家比对并判断莎翁在多大程度上是属于"那一时代"的诗人。

商籁第27首第一节四行诗中出现了一种身心二元论，当"我"的身体因为白天旅途奔波而疲惫不堪，终于在夜幕降临"歇业"时，"我"的心灵却因为思念而"开张"，仿佛只有肉身的活动静止，思想才能够活跃，整装待发去开始"一段脑中的旅程"：

Weary with toil, I haste me to my bed,

The dear respose for limbs with travel tir'd;

But then begins a journey in my head

To work my mind, when body's work's expired

劳动使我疲倦了，我急忙上床，

来好好安歇我旅途劳顿的四肢；

但是，脑子的旅行又随即开场，

劳力刚刚完毕，劳心又开始

下一节四行诗中的核心意象是"朝圣"（pilgrimage），而朝圣的终点站是"你"，诗人爱慕的对象。去朝圣或进香的不是身体，却是在睡眠中获得了独立于身体的行动力的"思想"——确切地说是对"你"的思念／情思。它们渴望从"我"此时所处之地——与"你"隔着万水千山——踏上一次以"你"为目的地的"热忱的朝圣之旅"（For then my thoughts–from far where I abide–/Intend a zealous pilgrimage to thee）。英国中世纪与文艺复兴时期向来有"朝圣者文学"（pilgrim literature）的传统，后者中一个比较晚近的著名例子是约翰·班扬（John Bunyan）的《天路历程》（*Pilgrim's Progress*）；前者中当仁不让的代表作就是乔叟的《坎特伯雷故事集》，乔叟以中古英语写作该诗的 14 世纪也被称为英国朝圣文学的黄金时期。撇去韵学上的考虑，《坎特伯雷故事集·序诗》的前十四行可以被看作一首另类的十四行诗（同样以五步抑扬格写就，但使用的不是商籁体而是英雄双韵体的尾韵），生动描写了书中这一行香客从伦敦去坎特伯雷朝圣的缘起。这也是英国文学中最著名的开篇之一，其中"朝圣"的需要几乎被描绘成一种生理性的渴望，随着春回大地、万物复苏，人们——就如商籁第 27 首中"我"对"你"的情思——无法抑制住自己渴望朝圣的冲动：

Whan that Aprille with his shoures soote,

The droghte of March hath perced to the roote,

And bathed every veyne in swich licóur

Of which vertú engendred is the flour;

Whan Zephirus eek with his swete breeth

Inspired hath in every holt and heeth

The tendre croppes, and the yonge sonne

Hath in the Ram his halfe cours y-ronne,

And smale foweles maken melodye,

That slepen al the nyght with open ye,

So priketh hem Natúre in hir corages,

Thanne longen folk to goon on pilgrimages,

And palmeres for to seken straunge strondes,

To ferne halwes, kowthe in sondry londes;

(ll.1–14, "General Prologue", The Canterbury Tales)

当四月以它甜蜜的骤雨

将三月的旱燥润湿入骨，

用汁液洗濯每一株草茎

凭这股力量把花朵催生；

当西风也用他馥郁的呼吸

把生机吹入每一片林地

和原野上的嫩芽，年轻的太阳

已走过白羊座一半的旅程，

此时小小飞禽也寻欢作乐，

睡觉时都整夜睁着眼睛

（自然就是这样拨动着它们的心）；

于是香客们纷纷寻找异国海域，

去往远方各处闻名遐迩的圣地。

　　（《坎特伯雷故事集·序诗》第1—14行，包慧怡　译）

　　《坎特伯雷故事集》中的集体朝圣，无论实际上变成了怎样一场流动的狂欢节，或马背上的故事嘉年华，至少在名义上仍是一场宗教性质的朝圣，终点是肯特郡坎特伯雷大教堂内的12世纪圣徒、亨利二世时期的坎特伯雷大主教托马斯·贝克特的殉道处。到了两个多世纪后的莎士比亚这里，朝圣（pilgrimage）或者朝圣者（pilgrim）这组词却是最常出现在情爱语境中。除了商籁第27首中的例子，在《罗密欧与朱丽叶》中男女主角著名的初次见面的场景里，求爱仪式被剧中人物自述为一场"朝圣"，伴随着"亵渎""神龛""朝拜""圣徒""香客""祈祷"等朝圣仪式中的常见词汇。值得一提的是，罗密欧与朱丽叶初次邂逅时发生的这场对话，恰好构成一首音律严整的英国式十四行诗。莎士比亚独具匠心地将一首真正的五步抑扬格商籁嵌入了戏剧作品中，使得这场惊心动魄、一步一试探、最终结束于罗密欧成功地吻到了朱丽叶的求爱仪式真正做到了诗中有剧，剧中有诗。我们不妨来完整地赏析：

Sonnet: Dialogue of Romeo & Juliet's First Kiss

Romeo:

If I profane with my unworthiest hand (A)

This holy shrine, the gentle fine is this: (B)

My lips, two blushing pilgrims, ready stand (A)

To smooth that rough touch with a tender kiss. (B)

Juliet:

Good pilgrim, you do wrong your hand too much, (C)

Which mannerly devotion shows in this; (D)

For saints have hands that pilgrims' hands do touch, (C)

And palm to palm is holy palmers' kiss. (D)

Romeo:

Have not saints lips, and holy palmers too? (E)

Juliet:

Ay, pilgrim, lips that they must use in prayer.(F)

Romeo:

O, then, dear saint, let lips do what hands do; (E)

They pray, grant thou, lest faith turn to despair. (F)

Juliet:

Saints do not move, though grant for prayers' sake. (G)

Romeo:

Then move not, while my prayer's effect I take. (G)

以下是梁实秋先生的译文，尽量复制了原英式商籁的尾韵（ABABCDCDEFEFGG）：

罗密欧：（向朱丽叶）如果我的这一双贱手冒犯［了］

这座神龛，赎罪的方法是这样［的］；

我的嘴唇，两个赧颜的香客，已准备［好］

用轻轻一吻来消除那粗糙接触的痕［迹］。

朱丽叶：好香客，你怪罪你的手也未免太苛，

它这举动只是表示虔诚的信心；

因为圣徒的手也许香客去抚摸，

手掌接触手掌便是香客们的接吻。

罗密欧：圣徒与香客难道没有嘴唇？

朱丽叶：有的，香客，在祈祷时才有用场。

罗密欧：啊，圣徒，手的工作让嘴唇来担任；

它们在求，你答应罢，否则信仰变成失望。

朱丽叶：圣徒是不为人所动的，虽然有求必应。

罗密欧：那么你不要动，你的回答我亲自来领。

将宗教和圣仪学的词汇以一种高度自洽和戏剧化的方式转化为世俗罗曼司的词汇，莎士比亚在这件事上做得可谓无人能出其右。回到商籁第 27 首，在剩下的诗句中，几乎每一行都有关于视觉体验或视觉器官（眼睛）的词汇出现，但诗人描绘的却不是光天白日之下的肉眼的视觉，而是一种想象的视觉（imaginary sight）。这种悖论的视觉诞生于对爱人的思慕，使"我"乐于在黑夜中整夜睁着眼睛，当外在的身体性视觉无法运作，内在的灵性视觉反而变得格外敏锐，可以看见"你"的影子如夜色中的一颗宝石，照亮并美化了黑夜：

And keep my drooping eyelids open wide,

Looking on darkness which the blind do see:

又使我睁开着沉重欲垂的眼帘，

凝视着盲人也能见到的黑暗：

Save that my soul's imaginary sight

Presents thy shadow to my sightless view,

Which, like a jewel (hung in ghastly night,

Makes black night beauteous, and her old face new.

终于，我的心灵使你的幻象

鲜明地映上我眼前的一片乌青，

好像宝石在可怕的夜空放光，

黑夜的古旧面貌也焕然一新。

"你的影子"（thy shadow）在此代指"你的形象"（your image/sight），并非真正的黑影。关闭肉体的眼睛，灵魂的眼睛可以看到更美妙的东西。在商籁第 27 首对身体性视觉的含蓄的贬抑背后，是对灵性视觉之重要性的强调。诗人描述自己虽然在羁旅中无法用肉眼望着爱慕对象，却保留了"心之眼"观看和热爱的能力；相爱的人之间传递的理想的目光，恰是一种夜视。这种夜视带来别离中的慰藉，却也和一切望眼欲穿的情思隐喻一样，令人"日夜不得安宁"：

Lo! thus, by day my limbs, by night my mind,

For thee, and for myself, no quiet find.

看，我白天劳力，夜里劳心，

为你，为我自己，我不得安宁。

Astrophel and Stella (Sonnet 89)

Sir Philip Sidney

Now that of absence the most irksome night,

With darkest shade doth overcome my day;

Since Stella's eyes, wont to give me my day,

Leaving my hemisphere, leave me in night,

Each day seems long, and longs for long-stayed night;

The night as tedious, woos th'approach of day;

Tired with the dusty toils of busy day,

Languished with horrors of the silent night;

Suffering the evils both of the day and night,

While no night is more dark than is my day,

Nor no day hath less quiet than my night:

With such bad mixture of my night and day,

That living thus in blackest winter night,

I feel the flames of hottest summer day.

爱星者与星（商籁第 89 首）

菲利普·西德尼爵士

现在，最惹人厌的黑夜用最暗的
缺席的阴影遮住了我的白日；
只因斯黛拉的眼睛一度赐予我白昼，
它们离开了我的半球，留我于黑夜中。

每日都那么漫长，渴望被长久阻隔的夜晚；
夜晚同样乏味，追求白昼的降临；
疲惫于忙碌的白日扬尘的苦役，
憔悴于沉默的夜晚的种种恐惧。

同时承受着白昼与黑夜的磨难，
没有一个夜晚比我的白昼更黑暗，
也没有一个白昼比我的黑夜更少僻静：
我的昼夜就这样糟糕地混为一体，

　　就这样栖居于最黑暗的冬夜，
　　我感觉着炎夏最炽热的火焰。

（包慧怡 译）

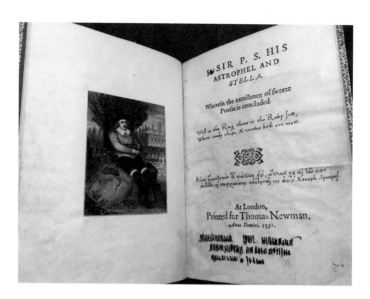

《爱星者与星》第二版标题与作者肖像页，
1591年

既然我休息的福分已被剥夺，
我又怎能在快乐的心情中归来？
既然夜里我挣不脱白天的压迫，
只是在日日夜夜的循环中遭灾？

日和夜，虽然统治着敌对的地盘，
却互相握手，联合着把我虐待，
白天叫我劳苦，黑夜叫我抱怨
我劳苦在远方，要跟你愈分愈开。

我就讨好白天，说你辉煌灿烂，
不怕乌云浓，你能把白天照亮：
也恭维黑夜，说如果星星暗淡，
你能把黑夜镀成一片金黄。

但白天天天延长着我的苦痛，
黑夜夜夜使我的悲哀加重。

商籁
第 28 首

昼与夜
情诗

287

How can I then return in happy plight,
That am debarre'd the benefit of rest?
When day's oppression is not eas'd by night,
But day by night and night by day oppress'd,

And each, though enemies to either's reign,
Do in consent shake hands to torture me,
The one by toil, the other to complain
How far I toil, still farther off from thee.

I tell the day, to please him thou art bright,
And dost him grace when clouds do blot the heaven:
So flatter I the swart-complexion'd night,
When sparkling stars twire not thou gild'st the even.

But day doth daily draw my sorrows longer,
And night doth nightly make grief's length seem stronger.

商籁第 28 首与第 27 首互为双联诗，两者都属于别离诗或 "分离商籁"（separation sonnet），整本诗集其他位置穿插着若干这样的别离诗。在第 27 首（《夜视情诗》）中，爱人的倩影在夜色的衬托下熠熠生辉，仿佛黑夜成了一块被 "你" 珠玉般的美照亮的黑丝绒；本诗中，"你" 的美将同时装点白昼和黑夜，后两者化作寓意人物，共同与 "我" 抗争。

第一节四行诗开篇用一个 then（那么），将本诗沿着上一首商籁的诗末对句发展下去（Lo! thus, by day my limbs, by night my mind, /For thee, and for myself, no quiet find, ll.13–14, Sonnet. 27）——由于对 "你" 的刻骨思念，"我" 在旅途中日夜都得不到休息。与第 27 首之间的首尾相连关系，在本首第一节中以诘问的口吻得到了强调，仿佛 "我" 是在给爱人写信，回答对方关于 "我" 将何时归来，又将在怎样的心情中归来的提问：

How can I then return in happy plight,

That am debarre'd the benefit of rest?

When day's oppression is not eas'd by night,

But day by night and night by day oppress'd,

既然我休息的福分已被剥夺，

我又怎能在快乐的心情中归来？

既然夜里我挣不脱白天的压迫，

只是在日日夜夜的循环中遭灾？

白昼被夜晚催逼，夜晚又被白昼催逼，在 oppress（压迫）这个动词及其名词的反复出现中，我们几乎可以在读诗的舌尖感受到这种夜以继日的压迫，以及"我"在这种压迫下的力不从心。在这种情况下，"我"怎么可能"在快乐的心情中归来"（return in happy plight）？第二节四行诗中，白昼与黑夜被进一步拟人化，几乎要回归异教万神殿中它们作为自然神祇的尊位。根据赫西俄德的《神谱》，白昼（Hemera）其实是夜晚女神（Nyx）所生的女儿，两位女神都是前奥林匹斯时代的原始自然神，距离创世的起点非常近（夜晚是创世最初的混沌 Chaos 所生），在罗马万神殿中对应的名字分别是"日"（Dies）和"夜"（Nox）。从文艺复兴时期起，许多艺术作品中夜晚的人格化仍保留其女性形象，白昼的人格化却变成了男性，仿佛为了要与夜之女神形成对照。比如在米开朗琪罗为罗伦佐·美第奇之墓所塑群像《昼》《夜》《晨》《暮》中，"昼"与"夜"就以对称的位置、相反的姿态和对立的性别，出现在同一基座的两侧。莎士比亚继承了这一传统，在第 27 首中将夜晚拟人化为年老色衰的女性（Makes black night beauteous, and her old face new），在本诗中将白昼拟人化为一位与"我"同样爱慕着俊友的男性（I tell the day, to please him thou art bright）。

米开朗琪罗似乎格外偏爱夜之女神，在《献给夜晚的第三首商籁》中，这位雕塑家以同样卓绝的诗才写道："即使火焰或光明战胜黑夜 / 也不能将夜的神性减少本分……只有夜能赋予人种子和深根 / 阴影也就比光明优越，因为 / 大地上最出色的硕果，是人。"在莎士比亚的这首商籁中，昼与夜这对赫西俄德异教叙事中的母女不仅变更了一方的性别，而且彼此敌对竞争，当一方统御天空时，另一方就必须"下班"。但是，诗人强调道，尽管昼夜彼此作对，在"折磨我"这件事上却联合起来"握手言欢"：白昼用工作的劳碌和奔波折磨"我"，夜晚用"抱怨"来折磨"我"——抱怨"我"为何千里跋涉，远离爱人。白昼与黑夜在与"我"对峙这件事上似乎有共同的动机，即，他和她也都爱慕"你"，渴望早日回到"你"的身旁：

And each, though enemies to either's reign,

Do in consent shake hands to torture me,

The one by toil, the other to complain

How far I toil, still farther off from thee.

日和夜，虽然统治着敌对的地盘，

却互相握手，联合着把我虐待，

白天叫我劳苦，黑夜叫我抱怨

我劳苦在远方，要跟你愈分愈开。

第三节是本诗的高潮，"我"预备向联合起来对付自己的昼与夜施展口才，分别说服他们相信，他们共同渴望的"你"并未因"我"的远离就与他俩分离。"我"告诉白昼，"你"是如此明艳，当乌云遮蔽白日的晴空时，"你"可以替他分忧，代替他照亮世界；"我"又"奉承肤色黝黑的夜晚"，当繁星不在夜空闪耀之时——也就是多云或其他天气因素使地上的人们看不见星星时——"你"的美貌会为夜空"镀金"，以另一种形式把夜"照亮"。值得一提的是，如前所述，莎士比亚用阳性人称代词 him 来指代白昼，一方面可以看作对文艺复兴以来惯例的遵循（一如米开朗琪罗将《昼》表现为一名健壮的男子，而非赫西俄德笔下的女神），另一方面也可能反映了中古英语向早期现代英语过渡时期一些代词用法的遗留。中古英语中的第三人称宾格形式 him 既可以指男性的"他"，也可以指性别不明确的"它"，即等同于 it：

I tell the day, to please him thou art bright,

And dost him grace when clouds do blot the heaven:

So flatter I the swart-complexion'd night,

When sparkling stars twire not thou gild'st the even.

我就讨好白天，说你辉煌灿烂，

不怕乌云浓，你能把白天照亮：

也恭维黑夜，说如果星星暗淡，

你能把黑夜镀成一片金黄。

But day doth daily draw my sorrows longer,

And night doth nightly make grief's length seem
    stronger.

但白天天天延长着我的苦痛，

黑夜夜夜使我的悲哀加重。

    全诗末尾，诗人表面上承认，自己对昼夜的说服在修辞上失败了，但未曾言明的弦外音仍然是："你"太美，导致昼与夜都深爱"你"并迫切渴求"你"的在场，而不肯从"我"的诡辩中得到安慰。两者的联手为敌，使得"我"白天度日如年，夜晚又因悲伤辗转难眠。白昼与黑夜，一位男性一位女性，一位白皙一位黝黯，两人爱慕着同一位俊美青年，这种设定本身又如同对"我"和"黑夫人"与俊友关系的巧妙影射。

米开朗琪罗为罗伦佐·美第奇之墓所塑
雕像《昼》，佛罗伦萨圣罗伦佐教堂

米开朗琪罗为罗伦佐·美第奇之墓所塑
雕像《夜》，佛罗伦萨圣罗伦佐教堂

我一旦失去了幸福，又遭人白眼，
就独自哭泣，怨人家把我抛弃，
白白地用哭喊来麻烦聋耳的苍天，
又看看自己，只痛恨时运不济，

愿自己像人家那样：或前程远大，
或一表人才，或胜友如云广交谊，
想有这人的权威，那人的才华，
于自己平素最得意的，倒最不满意；

但在这几乎是自轻自贱的思绪里，
我偶尔想到了你呵，——我的心怀
顿时像破晓的云雀从阴郁的大地
冲上了天门，歌唱起赞美诗来；

　　我记着你的甜爱，就是珍宝，
　　教我不屑把处境跟帝王对调。

When in disgrace with fortune and men's eyes
I all alone beweep my outcast state,
And trouble deaf heaven with my bootless cries,
And look upon myself, and curse my fate,

Wishing me like to one more rich in hope,
Featur'd like him, like him with friends possess'd,
Desiring this man's art, and that man's scope,
With what I most enjoy contented least;

Yet in these thoughts my self almost despising,
Haply I think on thee, – and then my state,
Like to the lark at break of day arising
From sullen earth, sings hymns at heaven's gate;

    For thy sweet love remember'd such wealth brings
    That then I scorn to change my state with kings.

商籁第29首的前八行可以单独看作一首"怨歌"（plaint），诗人罗列了自己生活中的种种不如意，希望和这样那样的人物交换人生。后半部分则是典型情诗的主题：恋人的爱如此珍贵，整个世界都不能拿来交换。

　　本诗紧跟着一对"分离商籁"（第27—28首）出现，开篇的情绪比之前的所有商籁都更消极和激烈。"我"似乎在个人境遇的各方面都跌入了谷底，第一节四行诗以一长串不祥的词语——耻辱（disgrace）、悲泣（beweep）、放逐（outcast）、哭喊（cries）、诅咒（curse）——勾勒出一个怨恨自己命运的约伯。《旧约·约伯记》中的义人约伯因撒旦与上帝的一个赌注而无故受灾，他虽然坚强忍受，但到了失去一切（所有财产、全部儿女、自己的健康）时，也忍不住诅咒自己的生辰："愿我生的那日和说怀了男胎的那夜都灭没。愿那日变为黑暗；愿神不从上面寻找它，愿亮光不照于其上。愿黑暗和死荫索取那日，愿密云停在其上，愿日蚀恐吓它。愿那夜被幽暗夺取，不在年中的日子同乐，也不入月中的数目。"（《约伯记》3: 3—6）约伯也为自己遭受的不公向神发出诘问，悲叹自己的境遇："人的道路既然遮隐，神又把他四面围困，为何有光赐给他呢？我未曾吃饭，就发出叹息；我唉哼的声音涌出如水。因我所恐惧的临到我身；我所惧怕的迎我而来。我不得安逸，不得平静，也不得安息，却有患难来到。"（《约伯记》3：23—26）

由于无法确立每首十四行诗的具体写作年份，我们无法知道是否有、是什么悲惨的经历促成莎士比亚提笔写下这首诗，虽然我们确实知道在跨越十四行诗系列写作前后的年份中，他的生活中确实发生过一系列不幸事件：1596 年他唯一的 11 岁的儿子、双胞胎之一的哈姆内特（Hamnet）死去；1601 年他的父亲约翰去世；1607 年他的兄长埃德蒙死去……然而这些个人的不幸在死亡率极高的都铎时期英国并非偶然事件，随便在当时的伦敦街头问一个路人，近十年内他失去过多少亲友，有很大概率我们得到的结论将是，莎士比亚的不幸虽然无可慰藉，但在那个时代并不罕见。

我们当然也可以将第 29 首商籁的前两节纯粹看作文学修辞，并归入古典至中世纪盛行的怨歌（complaint/plaint）传统——莎士比亚的前辈乔叟就写得一手好怨歌，著名的有《情怨》（*Complaynt D'Amours*）、《致他的女士的怨歌》（*A Complaint to His Lady*）、《乔叟致他钱袋的怨歌》（*The Complaint of Chaucer to His Purse*）等，其中不妨戏谑之作。不过，要在那个时代，或者任何时代，找到理由悲叹自己的命运，对任何人来说实在都并非难事。诗人在第二节中进一步表达了自己由"怨"继而产生的期许：希望自己可以和某个更美、更有能力、人脉更广或前途更光明的人"交换位置"：

Wishing me like to one more rich in hope,

Featur'd like him, like him with friends possess'd,

Desiring this man's art, and that man's scope,

With what I most enjoy contented least

愿自己像人家那样：或前程远大，

或一表人才，或胜友如云广交谊，

想有这人的权威，那人的才华，

于自己平素最得意的，倒最不满意；

"在我最享受的事上却最不满足"（With what I most enjoy contented least）具体指什么事，我们不得而知。一些学者认为"我"最享受的是"你"或者"对你的爱"，但这显然和第三节以及对句的信息矛盾。我们倾向于将之理解为诗人对自己的手艺的自谦：他享受写作（无论是诗歌还是剧本），但永远无法对自己写就的作品满足，这也符合莎氏这样对自己的才华绝非一无所知的文学巨擘的自我要求。接下来，转折段在第三节中出现得既醒目又自然：

Yet in these thoughts my self almost despising,

Haply I think on thee, — and then my state,

Like to the lark at break of day arising

From sullen earth, sings hymns at heaven's gate

但在这几乎是自轻自贱的思绪里，

我偶尔想到了你呵，——我的心怀

顿时像破晓的云雀从阴郁的大地

冲上了天门，歌唱起赞美诗来

　　当"我"深陷自怨自艾，只要"不小心／偶然"（haply）想到了心中爱慕的"你"，就觉得自己像破晓时分的云雀，从愁云惨淡的土地振翅飞入云霄，在天堂门口唱起颂歌。莎士比亚精通鸟类知识，主要不是通过书斋里的阅读，而是通过田野里的亲身体验——他出生的华威郡是英格兰地貌变化最丰富、飞禽种类最多的地区之一，大自然是他早期最重要的诗歌学校。根据《莎士比亚的鸟》的作者阿奇博尔德·盖基的统计，莎氏熟知并写入作品的鸟共有五十多种，其中大多数都是多次提及，而云雀（lark）无疑是其中他最偏爱的鸟之一。云雀是莎士比亚的希望之鸟，被称为"清晨的云雀""黎明的使者"，在他笔下总是和破晓时分的美景和振奋的心情相连。比如在长诗《维纳斯与阿多尼斯》第848—853行中，莎氏如此描摹这种参与日夜交替的小鸟：

　　看! 云雀轻盈，蜷伏了一夜感到不受用，

　　从草地上带露的栖息处，盘上了天空，

把清晨唤醒。只见从清晨银色的前胸，

太阳初升，威仪俨俨，步履安详，气度雍容。

目光四射，辉煌地看着下界的气象万种，

把树巅山顶，都映得黄金一般灿烂光明。

（张谷若 译）

又比如《辛白林》第二幕第三场中，乐工们在克罗顿的敦促下演奏的《歌》：

Hark, hark! the lark at heaven's gate sings,

And Phoebus 'gins arise,

His steeds to water at those springs

On chaliced flowers that lies;

And winking Mary-buds begin

To ope their golden eyes:

With every thing that pretty is,

My lady sweet, arise:

Arise, arise. (ll.19–27)

听！听！云雀在天门歌唱，旭日早在空中高挂，天池的流水琤琤作响，日神在饮他的骏马；瞧那万寿菊倦眼慵抬，睁开它金色的瞳睛：美丽的万物都已醒来，醒醒吧，亲爱的美人！醒醒，醒醒！

只有在《罗密欧与朱丽叶》第三幕第五场中，云雀婉转的啼叫声不受欢迎，因为与它的歌声同时到来的白昼要无情地宣告爱人的分离，缠绵的夜晚将让位于（在这部戏中将是永别的）白日。罗密欧与朱丽叶这段难分难解的别离辞也向上承接古典和中世纪情诗中的"破晓歌"（aubade）传统：

Juliet:

Wilt thou be gone? it is not yet near day:

It was the nightingale, and not the lark,

That pierced the fearful hollow of thine ear;

Nightly she sings on yon pomegranate-tree:

Believe me, love, it was the nightingale.

Romeo:

It was the lark, the herald of the morn,

No nightingale: look, love, what envious streaks

Do lace the severing clouds in yonder east:

Night's candles are burnt out, and jocund day

Stands tiptoe on the misty mountain tops.

I must be gone and live, or stay and die. (ll.1–11)

…

Juliet:

It is, it is: hie hence, be gone, away!

It is the lark that sings so out of tune,

Straining harsh discords and unpleasing sharps.

Some say the lark makes sweet division;

This doth not so, for she divideth us:

Some say the lark and loathed toad change eyes,

O, now I would they had changed voices too!

Since arm from arm that voice doth us affray,

Hunting thee hence with hunt's-up to the day,

O, now be gone; more light and light it grows.

Romeo:

More light and light; more dark and dark our woes! (ll. 26–36)

朱丽叶：你现在就要走了吗? 天亮还有一会儿呢。那刺进你惊恐的耳膜中的，不是云雀，是夜莺的声音；它每天晚上在那边石榴树上歌唱。相信我，爱人，那是夜莺的歌声。

罗密欧：那是报晓的云雀，不是夜莺。瞧，爱人，不作美的晨曦已经在东天的云朵上镶起了金线，夜晚的星光已经烧尽，愉快的白昼蹑足踏上了迷雾的山巅。我必须到别处去找寻生路，或者留在这儿束手等死。……

朱丽叶：天已经亮了，天已经亮了；快走吧，快走吧！那唱得这样刺耳、嘶着粗涩的噪声和讨厌的锐音的，正是天际的云雀。有人说云雀会发出千变万化的甜蜜的歌声，这句话一点不对，因为它只使我们彼此分离；有人说云雀曾经和丑恶的蟾蜍交换眼睛，啊！我但愿它们也交换了声音，因为那声音使你离开了我的怀抱，用催醒的晨歌催促你登程。啊！现在你快走吧；天越来越亮了。

罗密欧：天越来越亮，我们悲哀的心却越来越黑暗。

在商籁第 29 首中，云雀不是破晓歌传统中为爱人带来悲伤的鸟，却纯然表现念及爱人时的雀跃心情，最终演变成对句中铿锵有力的爱的宣告："你"甜蜜的爱是最无上的财富，因此"我"不屑与国王交换"境遇"。这里的"境遇"（state）同时有"国度，王国"的双关意，爱情中的"我"感到如此富足，仿佛已经拥有了一个完美的王国。

For thy sweet love remember'd such wealth brings
That then I scorn to change my state with kings.
我记着你的甜爱，就是珍宝，
教我不屑把处境跟帝王对调。

《罗密欧与朱丽叶》，福特·马多克斯·布朗
（Ford Madox Brown），1870 年

我把对以往种种事情的回忆
召唤到我这温柔的沉思的公堂，
为没有求得的许多事物叹息，
再度因时间摧毁了好宝贝而哀伤：

于是我久干的眼睛又泪如泉涌，
为的是好友们长眠在死的长夜里，
我重新为爱的早已消去的苦痛
和多少逝去的情景而落泪，叹息。

于是我为过去的悲哀再悲哀，
忧郁地数着一件件痛心的往事，
把多少叹过的叹息计算出来，
像没有偿还的债务，再还一次。

　　但是，我只要一想到你呵，好伙伴，
　　损失全挽回了，悲伤也烟消云散。

When to the sessions of sweet silent thought

I summon up remembrance of things past,

I sigh the lack of many a thing I sought,

And with old woes new wail my dear time's waste:

Then can I drown an eye, unused to flow,

For precious friends hid in death's dateless night,

And weep afresh love's long since cancelled woe,

And moan the expense of many a vanished sight:

Then can I grieve at grievances foregone,

And heavily from woe to woe tell o'er

The sad account of fore-bemoaned moan,

Which I new pay as if not paid before.

But if the while I think on thee, dear friend,

All losses are restor'd and sorrows end.

商籁第 30 首延续了商籁第 29 首前八行的怨歌（plaint）主题，进一步发展为一首挽歌（elegy）基调的十四行诗。对逝去恋人和亡友的哀悼占据了全诗的前十二行，直到最后的对句中，对现在的恋人"你"的爱情主题才重新得到确认。

商籁第 29 首终结于一个"记起"的动作，"我记着你的甜爱，就是珍宝，/ 教我不屑把处境跟帝王对调"（For thy sweet love remember'd such wealth brings / That then I scorn to change my state with kings），对爱人的记忆扭转了整首诗的基调。而在商籁第 30 首中，整首诗始于"记忆"，对逝去的人和事的记忆。莎士比亚用法庭术语"传唤目击人"（summun up a witness）的动词"传唤"（summon up）与"记忆"（rememberance）搭配，而 summon up 在莎氏熟悉的通灵术语境中还有"召唤幽灵 / 亡魂"之意（summun up a spirit/ghost），"往昔之物"在许多意义上的确既是目击者，又是萦绕不去的幽魂：

When to the sessions of sweet silent thought

I summon up remembrance of things past,

I sigh the lack of many a thing I sought,

And with old woes new wail my dear time's waste

我把对以往种种事情的回忆

召唤到我这温柔的沉思的公堂，

为没有求得的许多事物叹息，

再度因时间摧毁了好宝贝而哀伤

第 2 行中的 past 不只是指时间上的"过去""已逝"（previous），同时也影射"故去""死去"，无论是恋人肉身的死亡，还是恋情的中断和消亡，都意味着某种不可逆的死亡，死去的恋情和死去的爱人一样值得悲叹。在第一节诗法律术语的基础上，第二节四行诗又加入了会计、做账、经济学的词汇：

Then can I drown an eye, unused to flow,

For precious friends hid in death's dateless night,

And weep afresh love's long since cancelled woe,

And moan the expense of many a vanished sight

于是我久干的眼睛又泪如泉涌，

为的是好友们长眠在死的长夜里，

我重新为爱的早已消去的苦痛

和多少逝去的情景而落泪，叹息。

"我"为藏身在"死亡之永夜"中的亡友一再悲泣（weep afresh），过去恋情的账目本已结清，"我"为爱所欠下的"悲伤"之债务原本早已被"勾销"（love's long since cancelled woe）——或许是以偿还眼泪的方式——可"我"却总是再度悲伤，再度"泪流成河"（drown an eye），一再为"众多消失的面容"付出情感的"代价"（moan the expense of many a vanished sight）。下一节中，"我"甚至进一步成了"悲伤"这件货品的专职出纳员（teller），一遍遍如数家珍地清点（tell o'er）本已逝去的哀怨，同时又一遍遍再度支付已经支付过的悲伤之"账目"：

> Then can I grieve at grievances foregone,
> And heavily from woe to woe tell o'er
> The sad account of fore-bemoaned moan,
> Which I new pay as if not paid before
> 于是我为过去的悲哀再悲哀，
> 忧郁地数着一件件痛心的往事，
> 把多少叹过的叹息计算出来，
> 像没有偿还的债务，再还一次。

至此，全诗的措辞虽然洋溢着银行办事窗口和会计办公室的实用主义味道，其基调却无可置疑地属于"挽歌"。"挽歌"是一种历史悠久但定义模糊的诗歌种类，2012年版《牛津挽歌手册》云："尽管使用广泛，但显然人们一直未能给'挽歌'这一术语一个满意的定义：有时它用来指所有声调肃穆或悲观的文本，有时则指为纪念而作的文本，严格时仅指哀悼亡者的文本。"斯坦利·格林菲尔德在试图界定最早的英语挽歌时——盎格鲁-撒克逊诗人在公元6—10世纪间用古英语写下的挽歌——给出的著名定义是，它是"一种篇幅校短的、反思性质或戏剧性的诗，同时包含着失去与慰藉的对照模式，表面上基于一段具体的个人经验或观察，并表达对于这种经验的态度"。[1]

商籁第30首在多个层面上满足以上这些挽歌的定义，我们甚至不必列举本诗中表达哀悼的词组（几乎每行都有至少一两个）。在上一首商籁（《云雀情诗》）的解析中我们曾提到，十四行诗系列写作前后，莎士比亚的生活中密集地发生过一系列不幸事件：1596年他唯一的儿子哈姆内特死去，1601年父亲约翰去世，1607年兄长埃德蒙死去；他的友人或至少是有交集的同辈作家中，《浮士德博士》的作者马洛于1593年死于酒馆斗殴，年仅26岁，《仙后》的作者斯宾塞死于1599年……如果我们对"朋友"或"爱"这些词的理解不那么狭隘，这些人都可以归入第6行中"被藏入死亡之永夜的密友"（precious friends hid in death's dateless night）之列。

诗人的"损失"和"悲哀"无疑是深重的，它们奠立了本诗的挽歌基调。但它们并非完全不可弥补，一种与开

1 Stanley Greenfield, "The Old English Elegies", pp. 93–124.

篇处的"记忆"呼应的、关于"你"的"思想"（thought），可以在"我"想到"你"的瞬间，哪怕仅仅在这一瞬间，完成这种奇迹式的补偿（store）——在一切故去的人与事之后，唯独属于现在式的"你"具有终结"挽歌"基调的力量：

> But if the while I think on thee, dear friend,
> All losses are restor'd and sorrows end.
> 但是，我只要一想到你呵，好伙伴，
> 损失全挽回了，悲伤也烟消云散。

关于这首商籁的第二行"当我传唤对已往事物的记忆"（I summon up remembrance of things past），有一段轶事。普鲁斯特的七卷本《追忆似水年华》（*À la recherche du temps perdu*）的首位全本英译者、苏格兰作家及翻译家司各特·蒙哥利夫（C. K. Scott Moncrieff）为该书拟用的英文标题就出自莎翁的这行诗：*Rememberance of Things Past*——直译为《对往昔事物的回忆》，而原法文标题直译应是《追寻逝去的时光》。1922年第一卷《斯万家那边》（*Swann's Way*）英文本出版前不久，一名英国友人致信普鲁斯特，告诉他书的英文标题"不精确到无望的程度"（hopelessly inaccurate），普鲁斯特因而非常焦虑，一度考虑过中止英文本的版权，直到那年 9 月拿到实体书并读了蒙哥利夫的译文，且看到媒体评论盛赞英译本后才放下心来。10 月，普鲁斯特致信感谢蒙哥利夫，说他是一位才华敏锐的译者，但语气中仍有不悦和保留，例如说第一卷标题更准确的翻译是《去斯万家那边》(*To Swann's Way*)，并反对他在英文标题中插入莎士比亚的这句诗；蒙哥利夫的回应也很不客气。普鲁斯特那年 11 月就去世了，作者和译者从此再未通过信。

对莎士比亚的连环商籁而言，挽歌的基调以及对死亡的沉思并不会终止于商籁第 30 首。在接下来的商籁第 31 首(《墓穴玄学诗》)和第 32 首(《遗作元诗》)中，挽歌将不动声色地变形为其他文类，并把自己肃穆的声调注入其他的抒情主题中。

威廉·布莱克为托马斯·格雷《写于教堂庭院
中的挽歌》（1750）所作水彩插画，约 1798 年

多少颗赤心，我以为已经死灭，
不想它们都珍藏在你的胸口，
你胸中因而就充满爱和爱的一切，
充满我以为埋了的多少好朋友。

对死者追慕的热爱，从我眼睛里
骗出了多少神圣的、哀悼的眼泪，
而那些死者，如今看来，都只是
搬了家罢了，都藏在你的体内！

你是坟，葬了的爱就活在这坟里，
里边挂着我多少亡友的纪念章，
每人都把我对他的一份爱给了你；
多少人应得的爱就全在你身上：

　我在你身上见到了他们的面影，
　你（他们全体）得了我整个的爱情。

Thy bosom is endeared with all hearts,

Which I by lacking have supposed dead;

And there reigns Love, and all Love's loving parts,

And all those friends which I thought buried.

How many a holy and obsequious tear

Hath dear religious love stol'n from mine eye,

As interest of the dead, which now appear

But things remov'd that hidden in thee lie!

Thou art the grave where buried love doth live,

Hung with the trophies of my lovers gone,

Who all their parts of me to thee did give,

That due of many now is thine alone:

    Their images I lov'd, I view in thee,

    And thou—all they—hast all the all of me.

在本诗的核心奇喻中，现在的恋人被比成一座过去恋人的坟墓。而全诗也围绕生与死之间的可转换性展开，是一首回荡着挽歌声调的赞歌，更是一首探索爱情之生死的玄学诗。

商籁第30、31、32首都与死亡紧密相连。诗人曾在商籁第30首中悲叹"被藏入死亡之永夜的密友"（precious frends hid in death's dateless night, l. 6)，但只要想到他的这位俊友，"一切损失都得到了弥补，悲伤化为乌有"（All losses are restor'd and sorrows end, l.14)。到了第31首中，他将这种想法向前推进一步，或者作为对"你"为何能弥补一切损失的解释，诗人直接宣布："你"就是过去亡友的总和，"你"的心是所有那些故友的心的集合，因而就对"我"加倍珍贵（Thy bosom is endeared with all hearts)。那些心以及它们各自的主人，"由于（他们）不在，我只能认为已经死去"（Which I by lacking have supposed dead)。这些故友当然可能仅仅是相对而言的不在场，或许因为"我"与他们之间的情谊不再，与他们彻底断了联系，失去音信（lacking their news/tidings)，那么对"我"而言他们就已经死去。但是，如果我们结合第30首中对密友们被藏入死亡之漫漫长夜的描述，再结合贯穿本诗的墓穴意象来看，这些故友更可能真的已经死去。整首诗的核心论证就在于：死去的爱人们（无论是象征层面的死还是事实层面的死）全部在"你"这个"我"最爱的人身上复活，"我"全部的爱都归于"你"，这份爱所有的部件化零为**整**，共同组成一份大写的"爱"，作为一个整体在"你"身上"复活"：

> And there reigns Love, and all Love's loving parts,
> And all those friends which I thought buried.
> 你胸中因而就充满爱和爱的一切，
> 充满我以为埋了的多少好朋友。

在十四行诗集的初版，也就是 1609 年的"四开本"中，不仅此处的"Love"是大写，而且"Love"后是没有现代版本中的撇号的（And there raignes Loue and all Loues louing parts），这是早期现代英语沿袭中古英语的一个用法。也就是说，第 3 行中的所有格，既可能像今天绝大多数校勘本中那样，是修饰单数的"Love"（Love's）来表示"爱"这个概念，也可能是修饰复数的"Love"（使用今天的标点就是 Loves'），那么这里的 loving parts 就从属于诗人过往的"爱人们"（love=lover），而不是抽象的"爱"。这一层意思更好地呼应了第三节四行诗中诗人的总结性陈述："你"是"我"（过往）被埋葬的爱情如今居住的坟墓，挂满"我"业已失去的爱人们的墓帔。trophy 指当时贵族入葬时盖在棺木上的墓帔或悬在墓雕旁的纪念旗等织物，上面通常绣有死者的家族纹章，屠译将 trophies 处理作"纪念章"，与原文有一定偏离。

Thou art the grave where buried love doth live,

Hung with the trophies of my lovers gone,

Who all their parts of me to thee did give,

That due of many now is thine alone

你是坟，葬了的爱就活在这坟里，

里边挂着我多少亡友的纪念章，

每人都把我对他的一份爱给了你；

多少人应得的爱就全在你身上

这些死去或失联的爱人（my lovers gone）把他们各自占有的"我"的部分（all their parts of me）转交给了"你"，因而本来属于多人的，现在只属于"你"一人。本诗中反复出现对"部分 / 部件"（parts）和"整体"（all）的对照和并举，仍是在回应基督教语境中的复活叙事，届时破碎的尸骨将凭着神恩再次汇作完整的身体。一如《哥林多前书》所录："死既是因一人而来，死人复活也是因一人而来。在亚当里众人都死了，照样，在基督里众人也都要复活。"（《林前》15：21—22）这个基督作为整体（all）而信众是部分（parts）的譬喻在《哥林多前书》第 12 章中表述得更为明确："就如身子是一个，却有许多肢体；而且肢体虽多，仍是一个身子。基督也是这样。我们……都从一位圣灵受洗，成了一个身体。"（12：12—14）"若一个肢体得荣耀，所有的肢体就一同快乐。你们就是基督的身子，并且各自作肢体。"（12：26—27）"肢体"（member）在一些《新约》英译本中正是使用"部件"（part）一词来表达的，而 part 的拉丁文 pars 本来就可以指人的四肢（limb），人体中的一部分。正如莎士比亚熟读的《哥林多前书》将个别的信徒与基督的关系比喻成肢体与身子的关系，商籁第 31 首也把"你"推举到了一个至高无上的位置，把过往的爱人们和"你"的关系比作部分和整体，比作肢体和身子，进而通过暗示比作个别的信徒与基督本人。这首诗是对"你"的封神，在"我"的爱情中，"你"已获得超凡入圣的地位。如此我们就能理解为何在第二节四行诗中，诗人罕见地用了一批最直白的、指向来世的宗教语汇，来描述凡间的、此世的爱情：

How many a holy and obsequious tear
Hath dear religious love stol'n from mine eye …
对死者追慕的热爱，从我眼睛里
骗出了多少神圣的、哀悼的眼泪……

"宗教性的爱"（religious love）偷走了那么多颗"圣洁的"（holy）眼泪，"葬礼的"（obsequious）眼泪。obsequious 的第一义项是"一味顺从，曲意逢迎"，拉丁文词源为 *ob-*（towards）+ *sequor*（follow），但它的名词形式 obsequy 却可以通过另一条拉丁文词源链追溯到葬礼/临终仪式（*exsequia*）。一些注家非要把这些明显是特意挑选的词汇"去宗教化"，比如把 religious 阐释为 obedient（顺从的），是因为对全诗的整体基调把握不够，也低估了莎士比亚这位语言大师在遣词造句上的匠心。

　　最后的对句中诗人说：他们（过往爱人）的形象"我"曾爱过，并且如今在你身上重新见到；而"你"作为"他们的总和"，同时也拥有"总和的我"——拥有"我"全部的爱情，全部的心（Their images I lov'd, I view in thee, / And thou–all they–hast all the all of me）。通过探讨死者以及死者的复活，商籁第 31 首描述了一种双向的汇总："你"是"我"所有爱人的总和，是"我"对其中每个人的爱的总和，而"你"也就占有所有部分的"我"。诗中描写的爱虽然发生在凡间，选用的语词却始终在试探着叩击来世的大门，也为下一首商籁中诗人讨论自己死后这份爱情的归宿做好了准备。

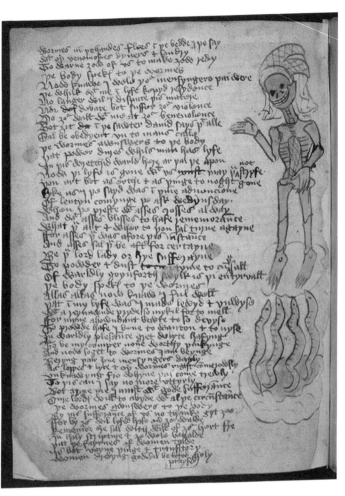

骷髅与蠕虫的辩论，15世纪中古英语诗歌手稿，今藏大英图书馆

如果我活够了年岁，让粗鄙的死
把黄土盖上我骨头，而你还健康，
并且，你偶尔又重新翻阅我的诗——
你已故爱友的粗糙潦草的诗行，

请拿你当代更好的诗句来比较；
尽管每一句都胜过我的作品，
保存我的吧，为我的爱，论技巧——
我不如更加幸福的人们高明。

呵，还望你多赐厚爱，这样想：
"如果我朋友的诗才随时代发展，
他的爱一定会产生更好的诗章，
和更有诗才的行列同步向前：

但自从他一死、诗人们进步了以来，
我读别人的文笔，却读他的爱。"

If thou survive my well-contented day,
When that churl Death my bones with dust shall cover
And shalt by fortune once more re-survey
These poor rude lines of thy deceased lover,

Compare them with the bett'ring of the time,
And though they be outstripped by every pen,
Reserve them for my love, not for their rhyme,
Exceeded by the height of happier men.

O! then vouchsafe me but this loving thought:
'Had my friend's Muse grown with this growing age,
A dearer birth than this his love had brought,
To march in ranks of better equipage:

But since he died and poets better prove,
Theirs for their style I'll read, his for his love'.

这首诗是整个莎士比亚十四行诗系列中，诗人第一首直接论及自己死亡的诗。正如他善于设想种种过去的情境，梳理它们的多重含义，诗人同样擅长"发明"未来，并像他在第1—17首惜时诗中所做的那样，将原本不确定的未来作为已经发生的、确凿的境况来展现，然后发明言语行为（speech act）去演绎这种前景。这个前景在本诗开篇已被言明——"如果我活够了年岁，让粗鄙的死／把黄土盖上我骨头，而你还健康，／并且，你偶尔又重新翻阅我的诗——"（If thou survive my well-contented day, /When that churl Death my bones with dust shall cover/And shalt by fortune once more re-survey）。正如修饰 thou（你）的第二人称情态动词 shalt 以及修饰 death（死亡）的第三人称情态动词 shall 所共同暗示的，首句中的 if（如果）是一个形式大于实质的 if，因为第一节中描摹的情景并非假设。"我"终有一天必将死去，死神必将用尘土掩埋"我的白骨"；而"我"所爱的"你"也必将——凭借一种合"我"心愿的语法的惯性——比"我"活得更久，并重读"你死去的恋人这些拙劣而鲁钝的诗行"（These poor rude lines of thy deceased lover）。

　　以上为第一节。这首十四行诗结构上的新颖之处，就在于它在起头的四行诗后，出现了一种中间5行与最后5行之间的回声和镜像，使得它在整体的行诗逻辑上变成了 4+5+5 的结构，既不属于典型的 4+4+4+2 的英国体十四行诗，也与意大利体十四行诗的 4+4+3+3 不同。我们可以看到全诗的第 5—9 行写的是诗人对自己死后，他的恋人会如何重读其遗作的设想和祈愿；而第 10—14 行中，想象中恋人未来真的完全按照诗人所希望的方式，去阅读了那些献给他本人的诗。这就构成了一种"心愿"与"实情"——哪怕是想象中的实情——之间的契合，一种借诗歌来达成的镜像对称。在诗人的第一重想象中，他的俊友将在他死后发现他的诗歌不如当代的诗人，也就是还和俊友一起活着的那些"更幸运的""经过了时光的增益的"诗人：

Compare them with the bett'ring of the time,
And though they be outstripped by every pen
Reserve them for my love, not for their rhyme,
Exceeded by the height of happier men.
请拿你当代更好的诗句来比较；
尽管每一句都胜过我的作品，
保存我的吧，为我的爱，论技巧——
我不如更加幸福的人们高明。

这里可以看到一种"进步论"的文学史观：认为诗歌

才华是一笔随历史前行而增加的、既属于个人又属于集体的财富；诗才如雪球，越往后滚得越大，未来的诗人既然加入了这个滚雪球的行列，他们的作品胜过包括"我"在内的死去的诗人，就是理所当然的。诗人对自己作品的未来评价在这第一重想象中的确实现了。在他的第二重想象，即恋人重读他的遗作时的内心独白中，俊友如此宣判了他"朋友"的诗歌的价值：

Had my friend's Muse grown with this growing age,

A dearer birth than this his love had brought,

To march in ranks of better equipage

如果我朋友的诗才随时代发展，

他的爱一定会产生更好的诗章，

和更有诗才的行列同步向前

俊友思忖，假如他的诗人朋友还活着，其诗歌才华（缪斯）也会继续茁壮，与时俱进，那么他的爱就会促成（比目前这一系列十四行诗）更优美、更珍贵的作品（a dearer birth）——作品被习惯性地比成作家的孩子，作家写作被看作一种"生育"；如此，他后来（现在）写的诗就可以大步行走（march）于一个更华丽的当代诗的队列，他本人也可以与更优秀的当代诗人并驾齐驱。在这第二重想象中，诗人对自己作品的身后评价，对自己的文学遗产和影响力，对他的诗在未来文学史上的接受，是完全预测对了。以他自己的恋人为代表的未来的读者，中肯地评价了他的作品：它们也许有相当价值，但还谈不上是第一流的；也许前无古人，但已被后人（未来的诗人）超越。

同样地，诗人对他爱人读诗时私人的情感进行了双重想象。在第一重想象，也就是诗人的心愿中，诗人希望爱人如此来阅读自己的遗作——"请为了我的爱保留这些诗，而不是为了它们的韵……请让我可以拥有这样充满爱的想法"（Reserve them for my love, not for their rhyme ... O! then vouchsafe me but this loving thought）。什么想法呢？就是"你"会在重读这些诗行时，怀着下面的情感，内心深处浮现这样的念头，也就是最后对句中的：

But since he died and poets better prove,
Theirs for their style I'll read, his for his love.
既然他已逝去，更好的诗人层出不尽，
我就品读他们的风格，深读他的心。

这是诗人对未来的第二重幻想中，他的俊友的内心独白。莎士比亚的剧本中有许多这样的内心独白，舞台上的演员向前迈进一步，面向观众，开始大声朗诵独白，虽然其他演员都还在舞台上忙活，但当演员用站位进入独白模式，熟悉传统的观众都能明白，自白开始了。哈姆雷特"生存还是毁灭"的独白只是其中最著名的一例，虽然当时他的恋人奥菲利娅还在台上。本诗的最后5行同样是一种独白，是一种诗歌中的戏剧独白。我们可以毫不费劲地想象俊友手握十四行诗落满尘埃的抄本，踱到房间的一角，说出他内心的所想。而他的所想，他声称他将采取的阅读方式，他的情感，恰恰是诗人在第5—9行中所祈求的：请因为爱而保留这些诗行，而非为了它们的韵脚（rhyme）。"韵脚"成了末行中"文采，风格"（style）的一个借代。诗人对自己身后事的双重牵挂——"我"的诗是否还会被阅读，"我"的爱人是否还会记得"我"——在他的双重构建中完美地合二为一。是的，"我"的诗会被爱人阅读，而爱人读这些遗作时，记得的是"我的爱"。

四百多年后的读者已经看到，和诗人的预言不同，他的诗在他死后仍被万千读者阅读，但却是因为它们的风格或文采（style）。而所谓他无法与最好的诗人并驾齐驱，我们也看到了反面：莎士比亚当然属于任何时代的最好的诗人之列，甚至重新定义了何为好诗。不过，虽然十四行诗为读者提供了通向莎士比亚内心的钥匙，但最笨拙的一种读法就是将它们当作诗人偷偷写下的秘密日记或回忆录来阅读。莎翁的天才远在此上。就像我们在商籁第32首中看到的，无论是对自己死后时代及其诗风的构想，还是对基于这一构想的阅读场景的假想，都是他的作品的一部分，是他琢磨诗艺的"元诗式"创作的一个环节，它们真正通向的，是语言最深处的秘密。

死神邀请手持尿液检验瓶的医生，15 世纪
晚期法国手抄本

多少次我看见，在明媚灿烂的早晨，
庄严的太阳用目光抚爱着山岗，
他金光满面，亲吻着片片绿茵，
灰暗的溪水也照得金碧辉煌；

忽然，他让低贱的乌云连同
丑恶的云影驰上他神圣的容颜，
使人世寂客，看不见他的面孔，
同时他偷偷地西沉，带着污点：

同样，我的太阳在一天清晨
把万丈光芒射到我额角上来；
可是唉! 他只属于我片刻光阴，
上空的乌云早把他和我隔开。

　对于他，我的爱丝毫不因此冷淡；
　天上的太阳会暗，世上的，怎能免。

Full many a glorious morning have I seen
Flatter the mountain tops with sovereign eye,
Kissing with golden face the meadows green,
Gilding pale streams with heavenly alchemy;

Anon permit the basest clouds to ride
With ugly rack on his celestial face,
And from the forlorn world his visage hide,
Stealing unseen to west with this disgrace:

Even so my sun one early morn did shine,
With all triumphant splendour on my brow;
But out, alack, he was but one hour mine,
The region cloud hath mask'd him from me now.

    Yet him for this my love no whit disdaineth;
    Suns of the world may stain when heaven's sun staineth.

从商籁第 33 首起，我们进入了一组笼罩着不祥氛围的"内嵌诗系列"。在第 33—36 这四首关系紧密的组诗中，我们将看到诗人如何遭遇、面对和接受爱人的不完美，并试图用诗艺来为之提供合理的解释。

本诗标志着诗人对俊美青年，以及他们之间的关系的评估出现了戏剧性的变化。商籁第 30—32 首的基调虽然也比较抑郁，诗人聚焦于对故人之死以及自身死亡的沉思，但俊友是作为对这一切残忍的无常的补偿出现的："但是，我只要一想到你呵，好伙伴，/ 损失全挽回了，悲伤也烟消云散。"（ll.13–14, Sonnet 30）但第 33 首却是诗人第一次确凿地向自己也向读者坦白，他的这位爱人并非完美无缺，并且最近出于某种并不高尚的原因弃绝了他的爱（或至少是与之疏远）。

这是一首基于单一奇喻的玄学诗，这个核心奇喻正是"太阳"。从整体结构来看，全诗采取了抑扬交错的写法，并在两个太阳（天上的太阳和人间的"太阳"）之间建立了平行参照，这一点也在结构上反映出来：第一节（1—4 行）写天上的太阳的"明面"，第二节（5—8 行）写它的"暗面"；第三节前两行（9—10 行）写"我的太阳"（即俊友）的明面，后两行（11—12 行）写他的暗面；对句则总结自己的态度。第一节中，绚烂的朝阳被比作"至尊的眼睛"（sovereign eye），恰如在商籁第 18 首中太阳被比作"天空之眼"（eye of heaven）。诗人在诗中为我们描绘了一片金碧辉煌的景象，说朝阳"用金黄的脸庞亲吻青翠的草甸，/以神圣炼金术为苍白溪流镀金"（Kissing with golden face the meadows green, /Gilding pale streams with heavenly alchemy）。

与商籁第14首中的占星术一样，炼金术也是莎士比亚及其同时代受过良好教育的人熟悉的一门学问，当时它的名声尚未如在今天这样受到玷污。英语中的"炼金术"（alchemy）一词来自阿拉伯语 al-kīmiyā'（الكيمياء），词源由阿拉伯语定冠词 al（ال）加上希腊语动词 khēmeía（χημεία，"对金属的铸造、熔化或混合"）构成。炼金术的后代、被认为是纯科学和理性之产物的现代学科"化学"，其名字 chemistry 就暴露了它的渊源。炼金术与化学的关系，颇类似占星术（astrology）与天文学（astronomy）的关系，前者都是后者的发源，却都在后者脱离前者获得独立地位的过程中遭到了驱逐。伊丽莎白一世宫中的大红人约翰·迪博士恰好兼具两种身份，既是为女王挑选登基和征战吉日的星相学家，又是混合不同的金属试图扩充女王国库和玄学知识库的炼金术师。只不过，在莎士比亚眼里，迪博士的两种技艺都是"世俗的"，我们已在商籁第14首中看到诗人称自己占卜爱人的眼睛，以将自己的占星术区分于宫廷占星家。

在商籁第 33 首中，诗人将旭日东升的景观称为"神圣的炼金术"（heavenly alchemy）——由于整首诗中俊友都被比作太阳，所以这份神圣性，虽然此处用于描写天上的太阳，根据诗中的平行逻辑，同样也被地上的太阳、"我的太阳"，即"你"分享。但是天上的太阳有时会被乌云遮蔽，这种不完美的属性，我们早在商籁第 18 首中已经有所耳闻。本诗第二节集中书写这种属性，但诗人将乌云的遮蔽说成是经过了太阳的允许（Anon permit the basest clouds to ride），并说太阳是"带着耻辱"偷偷摸摸向西天隐去（Stealing unseen to west with this disgrace）且故意藏起自己的容颜（And from the forlorn world his visage hide），如此，对太阳自然属性的描绘中就掺杂了道德属性的责备。在它不完美的境况中，"太阳"是具有主观能动性且理应担责的。

地上的、人间的太阳同样如此。诗人在下一节中虽然使用了看似不带态度的客观描述，仿佛他不忍心归咎于自己的爱人。但是通过全诗至此早已建立的两个太阳之间的平行指涉，第 11—12 行巧妙地完成了一次不带任何刺耳话语的谴责：

But out, alack, he was but one hour mine,

The region cloud hath mask'd him from me now.

可是唉！他只属于我片刻光阴，

上空的乌云早把他和我隔开。

虽然第 11 行中已出现了通常标志转折段的大写 But，但全诗真正的转折要到最后两行对句中才会出现，并由 Yet 一词引出。即便俊友、"我的太阳"具有如上的缺陷（疏远"我"，允许自己与"我"分离），但"我的（对他的）爱"（my love）并不会减少半分，不会因此就轻视他（distain）。依据同样的平行逻辑，既然天上的太阳尚不能完美，尚有"斑点"（stain），那人间的太阳同样有瑕疵，似乎是再符合宇宙法则不过了。诗人也就借此完成了对爱人的缺陷、对自己执迷不悟的爱情的开脱，以及全盘接受：

Yet him for this my love no whit disdaineth;

Suns of the world may stain when heaven's sun staineth.

对于他，我的爱丝毫不因此冷淡；

天上的太阳会暗，世上的，怎能免。

商籁第 33 首中炼金的语汇贯穿全诗，并不限于第一节。比如第二节中遮蔽太阳容颜的"最低贱的云朵"（basest clouds）中，base 一词除了指"出身低贱"，还可指颜色"黑色，肮脏的色泽"，在本诗的语境中，还有炼金术语上的回声。所谓"低等金属"（base metals）就是那些与至高金属（黄金），及其在炼金手稿中的象征符号之一"太阳"，形成鲜明反差的金属，需要经过艰苦卓绝的变形和提炼，才能向高等金属转变。与此同时，炼金术也与本诗的核心奇喻"太阳"紧密相连，在文艺复兴时期炼金术师的理想中，炼金的最后一个阶段正可以用太阳来象征。这以金黄的光辉为大地上的万物"镀金"的神圣天体，常常在炼金手稿中被表现为一轮红日。比如在 16 世纪早期德国炼金术手稿《太阳的光辉》（*Splendor Solis*）之贴金箔抄本的最后一页插图中，太阳的血红色（rubedo）就被认为是炼金这场漫长而伟大的半科学半玄学实验最终成功的标志。通过在太阳与炼金术之间建立联系，诗人从另一个侧面加固了本诗的核心论证："天上的太阳"纵有神圣的炼金术，都难免偶然被乌云遮蔽，那么"人间的太阳"（suns of the world）即使有对等的缺陷，也理应得到原谅——"你"作为"我的太阳"，总体而言瑕不掩瑜。在威廉·华兹华斯看来，基于本诗在"思想和语言方面的优点"，它是莎士比亚最伟大的诗作之一。

16世纪德国炼金术手稿《太阳的光辉》
之贴金箔抄本的最后一页插图中的"红日"

为什么你许给这么明丽的天光，
使我在仆仆的征途上不带外套，
以便让低云把我在中途赶上，
又在霉烟中把你的光芒藏掉？

尽管你再冲破了乌云，把暴风
打在我脸上的雨点晒干也无效，
因为没人会称道这一种只能
医好肉伤而医不好心伤的油膏：

你的羞耻心也难医我的伤心；
哪怕你后悔，我的损失可没少：
害人精尽管悔恨，不大会减轻
被害人心头强烈苦痛的煎熬。

但是啊！你的爱洒下的眼泪是珍珠，
一串串，赎回了你的所有的坏处。

医药
玄学诗

Why didst thou promise such a beauteous day,
And make me travel forth without my cloak,
To let base clouds o'ertake me in my way,
Hiding thy bravery in their rotten smoke?

'Tis not enough that through the cloud thou break,
To dry the rain on my storm-beaten face,
For no man well of such a salve can speak,
That heals the wound, and cures not the disgrace:

Nor can thy shame give physic to my grief;
Though thou repent, yet I have still the loss:
The offender's sorrow lends but weak relief
To him that bears the strong offence's cross.

  Ah! but those tears are pearl which thy love sheds,
  And they are rich and ransom all ill deeds.

在写作十四行诗方面，莎士比亚在英国最有能力的继任者之一威廉·华兹华斯曾写道："诗歌的适当的志业（如果是真实的，就和纯粹的科学一样长久），诗歌的特权和职责，并不在于按照事物的本质去处理它们，而是按照它们的面目去处理；不是根据它们在自身中存在的方式，而是根据它们在我们的感官和激情中看起来存在的方式。"第34首商籁可以说是这方面的一个典范。

本诗是第33—36首"分手内嵌诗"组诗中的第二首。前六行延续了商籁第33首中把俊友比作太阳的核心奇喻。第33首诗人称太阳会被乌云遮蔽，甚至是太阳"允许"乌云掩盖自己灿烂的脸庞（Anon permit the basest clouds to ride/With ugly rack on his celestial face），以此来影射俊友在两人关系中的一次撤离，或许是公开否认和诗人的友谊，或许是某种背信弃义，破坏誓言。到了第34首中，诗人用一模一样的形容词来修饰乌云（base clouds），只不过这一次，乌云的出现直接影响到正在赶路的诗人，这都起源于太阳将自己的光辉（bravery）藏匿在一片乌烟瘴气中（To let base clouds o'ertake me in my way, /Hiding thy bravery in their rotten smoke）。可以说本诗始于对"你"的问责，"你"这枚太阳的错误不仅在于撤离，还在于哄骗，让"我"误以为这会是一个晴天，因此在出门旅行前没有带上大衣／斗篷（Why didst thou promise such a beauteous day,

/And make me travel forth without my cloak）。在初版四开本中，travel 一词的拼法是 travaile，这就十分醒目地提醒读者它的诺曼词源 travailler（劳作，努力，费力地做某事，类似于英语中的 labour），也让这句话成了一种双关：为何欺哄"我"，使"我"没有大衣就出门长途跋涉——为何诱导"我"没有任何防备而从事（爱"你"）这一徒劳无益的劳作（travaile forth）？

在"我"被乌云带来的暴雨淋得湿透后，"你"的确做出了某种补偿：从云翳背后再次露脸，晒干"我"饱经雨水的脸（'Tis not enough that through the cloud thou break, /To dry the rain on my storm-beaten face）。诗人用雨过天晴后再度照耀的太阳来暗示俊友或许为他的背叛行为道了歉，但这并不足以弥补诗人内心已经遭受的创痛。第 7—9 行中，气象学的比喻转变为一连串医学比喻：

For no man well of such a salve can speak,

That heals the wound, and cures not the disgrace:

因为没人会称道这一种只能

医好肉伤而医不好心伤的油膏：

Nor can thy shame give physic to my grief

你的羞耻心也难医我的伤心

我们看到俊友的确为自己先前的背弃感到羞耻（shame），但"你"的这份羞耻并不能成为医治"我"悲伤的良药（physic），这一剂药膏（salve）只能治愈伤口，却不能化解"我"因为失去"你"的爱，甚至是当众被弃绝而感到的耻辱（disgrace）。早期现代英语中，disgrace 这个词还可以指生理上的变形或者残疾，类似于 disfigurement，在本诗的语境中，也可以理解为伤口愈合后结出的痂，或者留下的伤疤。即使伤口愈合，伤疤也无法被"你"的羞耻和悔恨这剂药膏消除，正如"我"切实遭受的情感上的损失也不会消失（Though thou repent, yet I have still the loss）。"你"对"我"犯了罪，"我"却背负着"你"罪业的十字架（The offender's sorrow lends but weak relief/To him that bears the strong offence's cross）。我们可以看到，从第 10 行的 repent（忏悔）开始，连同下文的 offender（有罪者）、offence（罪）、cross（十字架）、ransom（赎罪）这一系列宗教色彩浓重的词，将全诗的动态比喻又从医学转入了神学领域，并且直指《新约》四福音书都有记载的"彼得三次不认主"的故事。耶稣在最后的晚餐之后对众门徒作出预言：鸡叫两遍以前，彼得会三次不认主。而彼得则发誓："我就是必须和你同死，也总不能不认你。"（《马太福音》26：35）但仅仅在几个时辰后，耶稣被抓，彼得被一个使女指认是耶稣的同伙，为了自保，"彼得就发咒起誓地说，我不认得那个人。立时鸡就叫了。彼得想起耶稣所说的话，鸡叫以先，你要三次不认我。他就出去痛哭"（《马太福音》26：74—75）。彼得的背誓，以及他事后悔恨的眼泪，都成为诗人织入商籁第34首最后5行的背景；前景所描述的则是同样背叛誓言、"不认"自己的爱人，事后又悔恨流泪的俊友的言行。

在最后的对句中，"你"的羞耻和悔恨都做不到的，却在"泪水"中完成了，那是"你"出于爱而洒下的"珍珠"。中世纪和文艺复兴时期的珍珠（更正式的名字是 margarite）被认为具有医疗功能，磨碎成粉后可以做成治疗各种疾病和伤痛的药膏。在这首玄学诗的最后一个强力意象中，医学与神学合二为一：但凡出于爱而流下的眼泪，就可以治一切病，赎一切罪（ransom）。无论发生了什么，对两人之间依然相爱的信心是诗人的力量之源：

Ah! but those tears are pearl which thy love sheds,

And they are rich and ransom all ill deeds.

但是啊! 你的爱洒下的眼泪是珍珠，

一串串，赎回了你的所有的坏处。

从比喻组的性质来看，商籁第34首的结构是 6+3+3+2，是气象比喻 + 医药比喻 + 宗教比喻 + 医药与宗教的混合比喻。这种在短短十四行内完成的自如切换，以及它们诉诸读者的感官和情感所达到的修辞效果，再次让我们看到了莎士比亚诗歌语言的魅力。

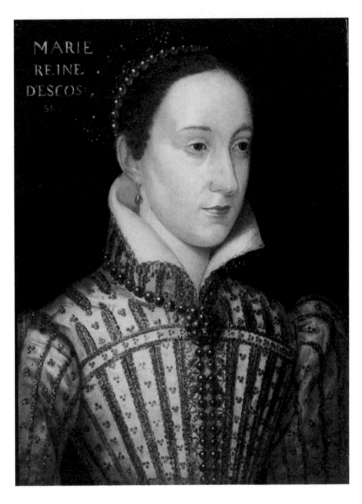

苏格兰女王玛丽（伊丽莎白一世的表亲，后来被她处决）佩戴一串黑珍珠项链的肖像

《弗兰德斯的犹滴之福音书》嵌宝石封面，下方十字架
上的基督以及上方的"庄严圣主"周围都饰有珍珠。
今藏纽约摩根图书馆（Morgen Library MS M.708）

351

别再为你所干了的事情悲伤:
玫瑰有刺儿，银泉也带有泥浆;
晦食和乌云会玷污太阳和月亮，
可恶的蛀虫也要在娇蕾里生长。

没有人不犯错误，我也犯错误——
我方才用比喻使你的罪过合法，
我为你文过饰非，让自己贪污，
对你的罪恶给予过分的宽大:

我用明智来开脱你的荒唐，
（你的原告做了你的辩护士，）
我对我自己起诉，跟自己打仗:
我的爱和恨就这样内战不止——

　　使得我只好做从犯，从属于那位
　　冷酷地抢劫了我的可爱的小贼。

No more be griev'd at that which thou hast done:
Roses have thorns, and silver fountains mud:
Clouds and eclipses stain both moon and sun,
And loathsome canker lives in sweetest bud.

All men make faults, and even I in this,
Authorizing thy trespass with compare,
Myself corrupting, salving thy amiss,
Excusing thy sins more than thy sins are;

For to thy sensual fault I bring in sense, –
Thy adverse party is thy advocate, –
And 'gainst myself a lawful plea commence:
Such civil war is in my love and hate,

    That I an accessary needs must be,
    To that sweet thief which sourly robs from me.

本诗延续了商籁第 33 首和第 34 首的主题，即俊友的"罪"，以及诗人如何为他"脱罪"。心成了爱与恨斗争的战场，诗人称之为"内战"。第一节四行诗密集地罗列了一组不详的意象，诗人用铿锵有力的短句和谚语式的口吻，勾勒了一个在事实层面上不完美的世界："玫瑰有刺，银泉有泥；乌云与蚀玷污日月，可憎的毛虫入驻最甜的花心。"这三句诗让人想起《旧约·传道书》中类似的诗歌式表达："人畏高处，路上有惊慌，杏树开花，蚱蜢成为重担，人所愿的也都废掉"（《传》12：5）；"银链折断，金罐破裂，瓶子在泉旁损坏，水轮在井口破烂"（《传》12：6）。虽然莎士比亚的句子缺少《传道书》的末世论气氛，却同样使用一种习惯性的现在时（habitual present），表示一般性、持续存在的真相。在本诗语境中，这真相即，世间没有十全十美之物，最接近完美的事物最容易被败坏，恰恰具有某种致命的缺陷。

Roses have thorns, and silver fountains mud:

Clouds and eclipses stain both moon and sun,

And loathsome canker lives in sweetest bud.

玫瑰有刺儿，银泉也带有泥浆；

晦食和乌云会玷污太阳和月亮，

可恶的蛀虫也要在娇蕾里生长。

玫瑰作为美好而有缺陷的事物的代表，两次出现在本节中。一次是以"玫瑰"自身的形态（roses have thorns），今天英语中依然保留着"没有无刺的玫瑰"（no rose without a thorn）这类短语；一次是以被毛虫咬噬的蓓蕾的形态——如果我们结合诗系列中的其他"玫瑰诗"，就会知道当莎士比亚提到一朵藏着毛虫的芬芳花朵，十有八九都是指玫瑰，比如商籁第 95 首第一节：

How sweet and lovely dost thou make the shame

Which, like a canker in the fragrant rose,

Doth spot the beauty of thy budding name!

O! in what sweets dost thou thy sins enclose.

耻辱，像蛀虫在芬芳的玫瑰花心，

把点点污斑染上你含苞的美名，

而你把那耻辱变得多可爱，可亲！

你用何等的甜美包藏了恶行！

色泽越鲜艳、形态越华美、花香越浓郁的玫瑰，似乎越容易吸引虫类等毁灭者，而它们一旦过了盛期，其凋谢也比其他花朵更迅速、更全面。自学成才的 17 世纪墨西哥修女、诗人、作曲家，十字架的圣胡安娜（Sor Juana Inés de la Cruz，1648—1695）曾写过一首关于玫瑰的诗，被埃柯收入《〈玫瑰的名字〉注》中，同样描述了玫瑰这种万花之后的内在矛盾：

草甸中生长的红玫瑰

你将自己勇敢地抬高

沐浴在蔷薇色与深红色中：

一场华美而芳香的演出。

可是，不：你那么美

因此很快就会陷入痛苦。

（包慧怡 译）

诗人的这位俊友、爱人、朋友，曾在整个诗系列里不止一次被比作一朵玫瑰，在第 109 首商籁中更是直白地被称作"我的玫瑰"，因此他具有玫瑰的这种矛盾特质也就不足为奇了。第一节的铺垫都是为了替俊友开脱："别再为你犯下的错误悲伤"（No more be griev'd at that which thou hast done），因为"每个人都会犯错，我自己也是"（All men make faults, and even I in this），虽然"我"的错就在于"认可你的错误"，并且用种种精巧的比喻去解释"你"的罪行，在这个为"你"强行脱罪的过程中腐化了"我"自己（Authorizing thy trespass with compare, /Myself corrupting, salving thy amiss）。我们可以感受到一种爱恨交织的无奈：爱情本应该使诗人的内心更美好，现在他却不得不祭出自己全部的手艺，去为爱人的罪开脱（Excusing thy sins more than thy sins are）——也就是将不美好的粉饰为美好，为爱撒谎，这种习惯使得一贯求真的诗人产生了自我厌恶。

我们始终不知道俊美青年的罪过的确切性质，或许是对爱情的背叛，或许只是一般意义上的品行不端。很可能这份罪和情欲的感官享乐有关，因为诗人在第三节中说："我为你的感官之罪带去了理性"（For to thy sensual fault I bring in sense）。这一节接着出现了典型的莎士比亚式法律术语：因为"你"对"我"犯了错，所以"你"成了"我"在法庭上的对手，但"我"出于爱却要为"你"辩护，成为"你"的辩护律师，并向作为"你"的对手的"我"自己发起诉讼，与自己为敌（Thy adverse party is thy advocate, – And 'gainst myself a lawful plea commence）。

第三节四行诗的第四句与诗末对句的关系非常密切，它们和第三节前三句一样，讲述自己在爱情中的被迫分裂，只不过这一次使用了军事术语。换言之，全诗的第9—11行与第12—14行是并列和弱递进的关系，这也就把商籁第35首的整体结构推向了意大利体商籁的4+4+3+3结构，而非典型英国商籁的4+4+4+2。我们应该将第12—14行看作一个三行诗（tercet）来整体理解，在这最后的三行诗中，诗人把自己内心对俊友的爱恨交织的状态比作一场内战（civil war），这一比喻可以回溯到诸多中古英语寓言诗中。在这类中世纪寓言诗（allegory poem）中，拟人化的抽象品质常被设定为针锋相对的敌人，为了争夺某样事物——通常是主人公的灵魂——而大打出手，C. S. 刘易斯在《爱的寓言》中把这种战争称为"灵魂大战"（psychomachia）、"内战"（bellum intestinum）或"圣战"。我们可以在 15 世纪用中古苏格兰语写作的苏格兰诗人威廉·邓巴尔（William Dunbar）的中篇寓言诗《金盾》（The Golden Targe）中找到这类"内战"的优秀范例。[1] 在莎士比亚的这首商籁中，"内战"的敌我双方的组成要简单很多：开战的正是"我"心中对"你"的爱恋，还有上文提到的"我"的自我厌恶，以及这种自我厌恶导致的对"你"的憎恨。这份憎恨还出自诗人对自己的荒谬处境的体察："我"竟然不得不去帮助那对"我"不公正之人，那对"我"犯下了抢劫罪之人，不得不去成为他的同谋，使出浑身解数去为他脱罪。

Such civil war is in my love and hate,
我的爱和恨就这样内战不止——

That I an accessary needs must be,
To that sweet thief which sourly robs from me.

1 Huiyi Bao, "Allegorical Characterization in William Dunbar's *The Golden Targe*", pp. 5–17.

使得我只好做从犯，从属于那位

冷酷地抢劫了我的可爱的小贼。

玫瑰有刺，银泉有泥。正如光必须借助阴影的存在来体认自身，爱中有恨，这成了迄今可以被称为一个准理想主义者的诗人必须接受的主题，他将在未来的十四行诗中越来越深入地处理这一主题。

雷杜德笔下的高卢玫瑰，生着根根分明的刺

让我承认，我们俩得做两个人，
尽管我们的爱是一个，分不开：
这样，留在我身上的这些污痕，
不用你帮忙，我可以独自担载。

我们的两个爱只有一个中心，
可是厄运又把我们俩拆散，
这虽然变不了爱的专一，纯真，
却能够偷掉爱的欢悦的时间。

最好我老不承认你我的友情，
我悲叹的罪过就不会使你蒙羞；
你也别给我公开礼遇的荣幸，
除非你从你名字上把荣幸拿走：

但是别这样；我这么爱你，我想：
你既然是我的，我就有你的名望。

Let me confess that we two must be twain,

Although our undivided loves are one:

So shall those blots that do with me remain,

Without thy help, by me be borne alone.

In our two loves there is but one respect,

Though in our lives a separable spite,

Which though it alter not love's sole effect,

Yet doth it steal sweet hours from love's delight.

I may not evermore acknowledge thee,

Lest my bewailed guilt should do thee shame,

Nor thou with public kindness honour me,

Unless thou take that honour from thy name:

But do not so, I love thee in such sort,

As thou being mine, mine is thy good report.

商籁第33—36首这组诉说俊友的背叛的"分手内嵌诗"终结于第36首，第36首也是这组诗的高潮。我们不知道两人是如何决定分手，以及在怎样的境况下分手的，但仍可以在这首诗中看到诗歌史上最感人肺腑的分手宣言之一。它并没有聚焦于诗人和俊友之间关系决定性的瞬间，即向我们描述导致两人不得不分手的直接原因。本诗的焦点是对"必须分手"这一既成事实的接受，以及当事一方下定"不再相见"之决心后对这一决心的痛苦的表明。

　　本诗的叙事者究竟是哪一方，学界对此颇有争论。少部分学者认为，这首诗其实是俊美青年的"申辩诗"（*apologia*），其悔恨自咎的声音来自俊美青年，诗人不过是戴上了第35首商籁中所谓"你的辩护者"的面具，代其发声。这种看法有其依据，因为此前的第33—35首中，诗人始终表明有过错的是俊友一方（Suns of the world may stain when heaven's sun staineth, l.14, Sonnet 33; Nor can thy shame give physic to my grief; /Though thou repent, yet I have still the loss, ll.9–10, Sonnet 34; Authorizing thy trespass with compare, /Myself corrupting, salving thy amiss, /Excusing thy sins more than thy sins are, ll.6–8, Sonnet 35）。在这几首诗的语境下，假如诗人有什么过错，那就是对爱人之"罪"的过分宽宏和太轻易的原谅。到了第36首中，诗人却说自己将独自承担"我"身上的瑕疵（So shall those blots that do with me remain, /Without thy help, by me be borne alone, ll.3–4）；并且称自己犯下了可能使爱人蒙羞的"悲叹的罪过"（I may not evermore acknowledge thee, /Lest my bewailed guilt should do thee shame, ll. 9–10）。何以受害人摇身变成了肇事人，赦免者转眼变成了罪犯？上述认为俊友借诗人之笔发声的"腹语术"理论的确有其吸引力。

但这不是唯一合理的解读方法，甚至远非最自然的解读。虽然莎士比亚在此前的十四行诗中曾多次写过两人情感的互动、爱意之表达的来回（不少是在诗人的想象中），然而就诗歌文本提供的证据而言，读者很难相信这是一场完全对等的爱情。不用说之前惜时诗和元诗系列中诗人谦卑到几近"低到尘埃里"的语调，就算是眼前的商籁第 36 首，像第 11—12 行这样的句子（"你不能再当众赐我善意的尊荣 / 否则你自己声誉的荣光就会遭受损失"），显然是一个社会地位较低者向地位较高者发出的体贴的吁求。十四行诗系列在形式上终究不是一部剧本或小说，作者并没有向读者一一展现所有人物动机的理由。血肉之躯的"我"当然和"你"一样有可能在爱情中犯错，无论是以肉体还是心灵背叛的形式，无论有多短暂，就像我们将在献给"黑夫人"的系列诗作中看到的那样。甚至在更早的诗中，诗人在第 109 首、第 110 首等商籁中就已承认自己"曾如浪子般迷途走失"（I have ranged, /Like him that travels, ll.5-6, Sonnet 109），"为了新欢得罪旧日相知"（Made old offences of affections new, l.4, Sonnet 110），痛悔自己同样对俊友犯下了疏离、背叛、喜新厌旧的罪过。没有什么理由阻止我们相信商籁第 36 首只是为诗系列后半部分这些更直白的忏悔埋下了伏笔。

第 36 首中，诗人或许出于羞愧隐去了对自己的"瑕疵"（blots, l.3）或"罪过"（guilt, l.10）之性质的描述，或许出于自己在献给俊友的第 126 首诗中一如既往的极度谦卑，将对方的过错包揽在自己身上——这份谦卑，如果我们相信十四行诗系列是莎士比亚与一位很可能是他的赞助人的贵族青年的某种情感自传，就不仅是合理的，也是必要的。无论如何，第 36 首完全可以如十四行诗集中其余绝大多数诗作那样，被视为诗人以第一人称"我"发出的分手宣言。"腹语术"理论提供了一种有趣的视角，但绝不是唯一可信的视角。

本诗通篇围绕"一"和"二"、"一体"和"分离"的利害关系展开论证。比较罕见的是，其第 1—2 行（而不是第 13—14 行的对句）最有力地表现了全诗的核心张力——"让我承认我们两个必须分离，虽然我们不可分割的爱是一体"（Let me confess that we two must be twain, / Although our undivided loves are one）。这里表示"分离"的数量名词 twain 的字面意思是"两个"，"我们两个"必须"成为两个"，即分手；但 twain 又可以表示"一对"（a pair, a couple），这样同一个词就包含着相反的两重含义。比如《暴风雨》第四幕第一场第 104 行中就取了 twain 的这重双关义——"祝福这一对人儿，愿他们时运昌盛"（to bless this twain, that they may prosperous be）。因此本诗第 1 行的意思也可以是"让我承认我们两个永远是一对"。这种"一"和"二"之间的对立或重合也体现在第 5—6 行中：In our two loves there is but one respect, /Though in our lives a separable spit.

布莱克摩尔·埃文斯（Blackmore Evans）和史蒂芬·布思等学者指出，开篇两行的灵感来源是《新约·以弗所书》："你们作丈夫的，要爱你们的妻子，正如基督爱教会，为教会舍己。要用水藉着道把教会洗净，成为圣洁，可以献给自己，作个荣耀的教会，毫无玷污、皱纹等类的病，乃是圣洁没有瑕疵的。丈夫也当照样爱妻子，如同爱自己的身子，爱妻子便是爱自己了。从来没有人恨恶自己的身子，总是保养顾惜，正像基督待教会一样，因我们是他身上的肢体。为这个缘故，人要离开父母，与妻子连合，二人成为一体。这是极大的奥秘，但我是指着基督和教会说的。然而你们各人都当爱妻子，如同爱自己一样；妻子也当敬重她的丈夫。"（《以弗所书》5：25–33）布思还指出，《以弗所书》第 5 章是莎士比亚尤其偏爱的灵感源泉，他在

《亨利四世》第一幕中也有对该段经文的化用。[1] J. D. 威尔逊则认为，如果按照"48, 57, 58, 61; 40, 41, 41; 33, 34, 35; 92, 93, 94"的顺序"跳着房子"来阅读十四行诗系列，就可以发现俊美青年"迷途"或对诗人"犯罪"的历程。[2] 商籁第 36 首的内容和紧随其后的第 37—38 首几乎不相关，却和跳开两首之后的第 39 首紧密相连。同时，第 36 首又与第 96 首拥有一模一样的对句（But do not so, I love thee in such sort, /As thou being mine, mine is thy good report），因此也有学者将这两首相距 60 首的商籁视作一组。关于 1609 年出版的四开本十四行诗集究竟是否，以及多大程度上，体现了莎士比亚本人对排序的决定，在莎学界至今仍是一个没有定论的问题。

1 Stephen Booth, ed., *Shakespeare's Sonnets*, p. 192.

2 John Dover Wilson, ed., *The Works of Shakespeare*, p. 306.

弹奏竖琴的小爱神，赫丘利古城公元 1 世纪
罗马壁画

正像衰老的父亲，见到下一代
活跃于青春的事业，就兴高采烈，
我虽然受到最大厄运的残害，
却也从你的真与德得到了慰藉；

因为不论美、出身、财富，或智力，
或其中之一，或全部，或还不止，
都已经在你的身上登峰造极，
我就教我的爱接上这宝库的丫枝：

既然我从你的丰盈获得了满足，
又凭着你全部光荣的一份而生活，
那么这想象的影子变成了实物，
我就不残废也不穷，再没人小看我。

　　看种种极致，我希望你能够获得；
　　这希望实现了；所以我十倍地快乐！

嫁接
元诗

As a decrepit father takes delight

To see his active child do deeds of youth,

So I, made lame by Fortune's dearest spite,

Take all my comfort of thy worth and truth;

For whether beauty, birth, or wealth, or wit,

Or any of these all, or all, or more,

Entitled in thy parts, do crowned sit,

I make my love engrafted, to this store:

So then I am not lame, poor, nor despis'd,

Whilst that this shadow doth such substance give

That I in thy abundance am suffic'd,

And by a part of all thy glory live.

    Look what is best, that best I wish in thee:

    This wish I have; then ten times happy me!

商籁第 37 首和第 38 首的内容和出现在它们之前的、以第 36 首（《分手情诗》）为代表的一组处理决裂的内嵌诗几乎不相关，也和之后的第 39 首（《缺席情诗》）不相连。第 37 首和第 38 首前后都被谴责俊美青年背叛行为的不祥的组诗包围，它们赞美俊友的语调更接近第 1—17 首的惜时诗，仿佛是隔开二十首商籁后重新"嫁接"在第 17 首之后的，而第 37 首的核心动词恰是"嫁接"。这首诗的第一节采取了交叉对照的写法，诗人自比为一个垂垂老矣的父亲（decrepit father），只能静静旁观自己"好动的孩子"的青春活力；而诗人所恋慕的青春正当年的"你"也就成了他慰藉的源泉：

As a decrepit father takes delight

To see his active child do deeds of youth,

So I, made lame by Fortune's dearest spite,

Take all my comfort of thy worth and truth

正像衰老的父亲，见到下一代

活跃于青春的事业，就兴高采烈，

我虽然受到最大厄运的残害，

却也从你的真与德得到了慰藉

命运（Fortune）是莎士比亚商籁中出现次数最多的

异教神，从古典时期到文艺复兴时期，她时常被表现为一位转动车轮的盲眼女神，上一刻还是稳坐于车轮最高点的头戴王冠的人，往往下一刻就要狠狠跌落地面，或瘫或死。因而诗人说"命运的最严酷的恶意"（Fortune's dearest spite，dear 在此没有"亲爱"之意）让"我"变成了一个失去行动力的跛子（made lame），只能从"你"的"真与德"中获得安慰。此处 worth and truth 遵照原文顺序的译法是"荣耀和真理"（屠译对调了两个词的顺序），荣耀与真理的措辞，还有对父子关系的描述，都仿佛是《约翰福音》第 1 章第 12 节的遥远回响。出版于 1568 年、莎士比亚时代最常用的英文圣经《主教圣经》（Bishop's Bible）中这一段原文如下："And the same word became fleshe, and dwelt among vs and we sawe the glory of it, as the glory of the only begotten sonne of the father full of grace and trueth."和合本译作："道成了肉身，住在我们中间，充充满满地有恩典，有真理。我们也见过他的荣光，正是父独生子的荣光。"与此同时，商籁第 37 首开篇这种"父以子荣"的论调，在《旧约·诗篇》第 37 首赞美诗中亦有体现："我从前年幼，现在年老，却未见过义人被弃，也未见过他的后裔讨饭。他终日恩待人，借给人，他的后裔也蒙福。"（《诗篇》37: 25—26）父亲的美德可以传给后裔，儿子的美德也使父亲荣耀。"第 37"这个序数在《莎士比亚十四行诗集》

和《诗篇》中处理类似题材，或许并非巧合。本诗中父凭子荣的观点进一步体现在第二节四行诗中：

For whether beauty, birth, or wealth, or wit,

Or any of these all, or all, or more,

Entitled in thy parts, do crowned sit,

I make my love engrafted, to this store

因为不论美、出身、财富，或智力，

或其中之一，或全部，或还不止，

都已经在你的身上登峰造极，

我就教我的爱接上这宝库的丫枝

诗人说，一切美好，包括美貌、高贵的出身、财富、智慧等，在"你"身上的"各个部位"中全都名副其实（Entitled in thy parts）。许多学者认为这行包含了纹章学（heraldry）的意象，尤其是考虑到"你"的真实身份很可能是一位贵族青年：欧洲贵族的盾形纹章通常是四等分的，上下左右四个"部分"分别表现该家族的某种背景渊源，或是祖上曾使用过的族徽的一部分。盾章的上方有时会饰有一顶表示地位尊贵的王冠，也呼应了诗中的"（各种美德）戴着冠冕端坐"（do crowned sit）。但对我们来说，更惊人和重要的是第8行中的核心动词"嫁接"："我的爱在你

这宝藏上嫁接。"（I make my love engrafted, to this store）
engraft 一词来自中古英语动词 griffen，又写作 graffen 或
graffren，原指园艺中为植物做扦插或嫁接：在主枝上切
开一个口子，然后将一株嫩芽或幼枝接在切口处，engraft
a scion（幼枝）to a stock（主枝），待切口愈合后两者就长
成了一体，主枝的生命也就在幼枝中得以延续。或许因为
植物界这种繁殖术让人想起任何人工的生殖，engraft 的中
古英语形式常在各种诗歌语境中带有性双关，其中最直白
的一例成文于莎士比亚写作十四行诗系列前的一个多世纪。
在《我有一座新花园》（I Have a Newe Gardin）这首作于 15
世纪早期的第一人称抒情诗中，男性抒情主人公夸耀自己
如何为一位少女做"嫁接"（griffen）并使之怀孕：

The fairest maide of this town

Preyed me

For to griffen her a grif

Of min pery tree.

Whan I hadde hern griffed

Alle at her wille

The win and the ale

She dede in fille.

And I griffed her
Right up in her home;
And be that day twenty wowkes,
It was quik in het womb

镇上最美丽的少女
她向我祈祷，
用我这棵梨树
给她嫁接一根枝。

当我给她做嫁接，
全随她的心意，
她用葡萄酒和麦酒
把我灌得畅快。

于是我给她嫁接
直达她深处：
那之后过了二十周
在她子宫里长得熟……

（包慧怡 译）

"嫁接"成为繁衍生命的方式，有时是通过性行为（如《我有一座新花园》中戏谑地加以描述的），有时则通过其他更含蓄的方式。整个十四行诗系列中莎翁另一次使用"嫁接"一词是在第 15 首（《园艺惜时诗》）的对句中：

And all in war with Time for love of you,

As he takes from you, I engraft you new.

一切都出于对你的爱，要与时光为敌

他夺走你的青春，我却将你嫁接一新。

（包慧怡 译）

商籁第 15 首中的"嫁接"是通过"我"的诗艺完成的，其许诺给爱人的"新生"并非肉体的再生，并非通过繁衍后代，考虑到"我"和"你"同为男性，这也是"我"作为一个诗人唯一能为你做的"繁衍"——通过诗而不是生殖的嫁接。商籁第 37 首中同样如此，I make my love engrafted, to this store 可以简写为 I engrafted my love to this stock，也就是"我"把 my love 这根幼枝嫁接到"这根主枝"上（store 与 stock 近义近形）。学者们一般把 my love 解作"我对你的爱"，而把 this store 解作上述"你"拥有的所有那些美德，或者干脆说是"我"通过"对你的爱"把自己嫁接在了是所有这些美德的集合的"你"身上。这些解读当然有其道理，但我们认为，在商籁第 33—36 首这组谴责俊友的背叛及其品行污点的"分手内嵌诗"之后，要当作什么都没发生过，重新回到第 1—17 首中纯然赞美的语调中已是不可能的。在十四行诗系列的这个位置，天真之歌的基调已变成了经验之歌，在表面的相似性之下，商籁第 37 首的叙事者已不像惜时诗序列的叙事者那样相信自己的爱人完美无瑕。因而此处的"嫁接"对象 my love 更可能就是字面上的"我的爱人"，也就是"你"，"我"要用诗歌将不再完美的"你""嫁接"到那些抽象的、普遍的完美品质上，使"你"获得新生，恰如诗人在商籁第 15 首的对句中做过的那样（虽然是出于不同的动机）。这也就解释了下一节中"影子"如何可以产生"实体"，被诗艺"嫁接"到这些美德之上的"你"可以象征性地与之长为一体，而作为园丁的"我"也就可以凭着"你的荣光一部分"活下去，在"你的充裕"中"感到满意"：

So then I am not lame, poor, nor despis'd,

Whilst that this shadow doth such substance give

That I in thy abundance am suffic'd,

And by a part of all thy glory live.

既然我从你的丰盈获得了满足，

又凭着你全部光荣的一份而生活，

那么这想象的影子变成了实物，

我就不残废也不穷，再没人小看我。

　　商籁第 37 首是一首披着情诗外衣的元诗，其对句中再次出现了我们已经逐渐熟悉的数理游戏："看种种极致，我希望你能够获得；／这希望实现了；所以我十倍地快乐!"（Look what is best, that best I wish in thee: /This wish I have; then ten times happy me!）"十"是莎士比亚爱用的数字，言其数量之多，数字"十"在商籁第 6 首和紧随本诗的商籁第 38 首中都扮演了重要角色。

"俊友"热门候选人，第三任南安普顿伯爵
亨利·里欧赛斯利的盾章，由上下左右四个
主要"部件"组成

我的缪斯怎么会缺少主题——
既然你呼吸着，你本身是诗的意趣，
倾注到我诗中，是这样精妙美丽，
不配让凡夫俗子的纸笔来宣叙？

如果我诗中有几句值得你看
或者念，呵，你得感谢你自己；
你自己给了人家创作的灵感，
谁是哑巴，不会写好了献给你？

比那被诗匠祈求的九位老缪斯，
你要强十倍，你做第十位缪斯吧；
而召唤你的诗人呢，让他从此
献出超越时间的不朽的好诗吧。

　　苛刻的当代如满意我的小缪斯，
　　辛苦是我的，而你的将是赞美辞。

How can my muse want subject to invent,

While thou dost breathe, that pour'st into my verse

Thine own sweet argument, too excellent

For every vulgar paper to rehearse?

O! give thy self the thanks, if aught in me

Worthy perusal stand against thy sight;

For who's so dumb that cannot write to thee,

When thou thy self dost give invention light?

Be thou the tenth Muse, ten times more in worth

Than those old nine which rhymers invocate;

And he that calls on thee, let him bring forth

Eternal numbers to outlive long date.

    If my slight muse do please these curious days,

    The pain be mine, but thine shall be the praise.

在商籁第 38 首中，古希腊神话中的缪斯第一次作为专司灵感的女神本身登场。我们也许还记得，商籁第 21 首（《缪斯元诗》）是整个诗系列第一次出现缪斯的名字，但那首诗中的"缪斯"却用来指诗人的某位竞争对手"那位缪斯"（that Muse）。"对手诗人"真正登场是在商籁第 76—86 首中，关于这位对手诗人真实身份的推断，我们也将留到那组商籁的分析中进行。

　　缪斯（希腊文 Μουσαι，拉丁文 *Musae*）是现代英语博物馆一词的词源（museum 本意为"缪斯的住处"），也是希腊神话中掌管艺术的九位女神的统称。她们原本是守护赫利孔山（Mount Helicon）泉水的水泽仙子，后世神话体系中，奥林匹斯神系中的诗歌与音乐之神阿波罗被设立为她们的首领。赫西俄德《神谱》中的缪斯是宙斯和提坦族记忆女神谟涅摩叙涅（Mnemosyne）所生育的九个优雅的女儿。荷马史诗中，缪斯有时单独出现，有时数个一起登场，均未提及个人名字，只说她们常为诗人歌手带去灵感。另一些古希腊作家则认为缪斯是天空之神乌拉诺斯和大地女神盖亚的三个女儿。公元前 7 世纪写作的古希腊诗人阿尔克曼有一首提到缪斯的《无题》诗：

　　　缪斯声高亢，塞壬声悠扬，
　　　我不需要她们感召，

听见你们这群少女的歌声

就给了我足够的灵感。

（水建馥 译）

　　《神谱》中出现了九位缪斯的具体名字，但她们各自掌管的艺术领域及其象征物都是在后来漫长的文学和绘画传统中才逐渐形成的，到了莎士比亚写作的年代，九位缪斯及其职责通常被定义如下：卡丽俄佩（Calliope，"悦耳的"）专司英雄史诗，象征物为铁笔、蜡板、里拉琴；克莉俄（Clio，"赞美的"），专司历史，象征物为书本、卷轴、短号与月桂花冠；埃拉托（Erato，"可爱的"），专司情诗与独唱，象征物为西特拉琴；欧忒耳佩（Euterpe，"使人欢欣的"），专司抒情诗与音乐，象征物为长笛、奥卢思琴、桂冠；忒耳蒲西柯（Terpsichore，"善舞的"），专司合唱与舞蹈，象征物为里拉琴与常春藤；墨尔波墨涅（Melpomene，"声音甜美的"），专司悲剧及哀歌，象征物为面具、短剑或靴子；塔丽雅（Thalia，"茂盛的"），专司喜剧及牧歌，象征物为面具、牧羊人手杖或常春藤花冠；波丽姆尼娅（Polyhymnia，"多颂歌的"），专司颂歌与修辞学、几何学，象征物为面纱或葡萄；乌拉尼娅（Urania，"天空的"），专司天文学与占星学，象征物为地球仪与罗盘。

　　可以看到，九位缪斯中至少有四位的职责主要与诗歌有关（史诗、抒情诗、情诗、颂歌），其中掌管抒情诗的欧忒耳佩尤其与十四行诗传统相关。不过，如上所述，在古典和中世纪诗人那里，她们常常是作为一个合集，被无差别地作为灵感之源召唤——通常是在作品开篇处，比如荷马《奥德赛》第一卷的开篇：

"告诉我，缪斯，那位聪颖敏睿的凡人的经历，

在攻破神圣的特洛伊城堡后，浪迹四方。"

（陈中梅 译）

再比如但丁在《神曲·地狱篇》第二歌中对缪斯的祈祷：

"缪斯啊! 深邃的灵感啊，请帮助我!

记录下我目见之一切的记忆啊，在这里

你的高贵品质将会昭然天下。"

（包慧怡 译）

在莎士比亚这首元诗中，带有第一人称所有格的缪斯出现了两次：第 1 行中的"我的缪斯"（my muse）和第 13 行中的"我卑微的缪斯"（my slight muse），这两处的缪斯都指诗人专属的灵感之神。一如基督教世界中每个新生儿

都有对应于自己生日的守护圣人（patron saint），文艺复兴时期人们相信每个诗人也有自己的专属缪斯。全诗最重要的创新出现在第三节四行诗，确切说是第9—10行中——"比那被诗匠祈求的九位老缪斯，/你要强十倍，你做第十位缪斯吧"（Be thou the tenth Muse, ten times more in worth/Than those old nine which rhymers invocate）。诗人称俊美青年为"第十位缪斯"，认为他要比被平庸诗人召唤的九位缪斯多出"十倍的价值"（ten times more in worth）。"第十位缪斯"出现在全诗第9行，而古老的九缪斯出现在第10行，诗人仿佛通过这样的错位传递一种信息：九位传统的缪斯因为"不在其位"而失去其效力，沦为平庸的诗人（rhymers，字面是"押韵者"）程式化的开篇词；而"你"这史无前例的第十位缪斯，处在原本属于"九个缪斯"的位置上，却可以带来比九位过气的缪斯加起来还要多的灵感。这灵感能使任何召唤"你"的诗人写出永垂不朽的诗行——在本诗的语境中，也就是"我"自己一人。

商籁第37首是披着情诗外衣的元诗，商籁第38首却是披着元诗外衣的情诗。由于"你"这个题材本身是如此甜美（Thine own sweet argument），以"你"为写作对象的"我"笔头再拙，写出的诗行也不可能差到哪里去——恰如第7—8行所言，"你"本身就给创作带去了光，又有谁能笨到无法为"你"写诗？（For who's so dumb that cannot write to thee, /When thou thy self dost give invention light?）恰如《创世记》开篇所言，"神说：'要有光'，就有了光"（《创世记》1：3），光本身就与创世乃至一切创造的动作紧密相连。"你"既然是"我"的第十位缪斯，也就独为"我的缪斯"（"我"的诗艺）增光，因此就让写作和爱的痛苦归属于"我"，而让一切荣耀尽归于"你"（The pain be mine, but thine shall be the praise）。

公元 2 世纪一座古罗马石棺上的九位缪斯，今藏巴黎卢浮宫

呵，你原是半个我，那较大的半个，

我怎能把你的才德歌颂得有礼貌？

我怎能厚颜地自己称赞自己呢？

我称赞你好，不就是把自己抬高？

就为了这一点，也得让我们分离，

让我们的爱不再有合一的名分，

只有这样分开了，我才能把你

应当独得的赞美给你——一个人。

"隔离"呵，你将要给我多大的苦痛，

要不是你许我用爱的甜蜜的思想

来消磨你那令人难挨的闲空，

让我在思念的光阴中把痛苦遗忘，

要不是你教了我怎样变一个为一对，

方法是在这儿对留在那儿的他赞美！

O! how thy worth with manners may I sing,

When thou art all the better part of me?

What can mine own praise to mine own self bring?

And what is't but mine own when I praise thee?

Even for this, let us divided live,

And our dear love lose name of single one,

That by this separation I may give

That due to thee which thou deserv'st alone.

O absence! what a torment wouldst thou prove,

Were it not thy sour leisure gave sweet leave,

To entertain the time with thoughts of love,

Which time and thoughts so sweetly doth deceive,

    And that thou teachest how to make one twain,

    By praising him here who doth hence remain.

商籁第 39 首在堪称"分手宣言"的商籁第 36 首后跳过两首，接着处理既成事实的分手，以及爱人既成事实的缺席，同时沿着第 36 首的逻辑，继续讨论"一体"和"分离"、"一"和"二"之间的对立和统一。这是一首藏在矫饰主义（mannerism）面具背后的心碎之诗，因其要费尽心思将这场分离合理化、将爱人的缺席美化，而愈加令人不忍。该诗处理的"一体"和"分离"之间的辩证关系在一首七个世纪前的古英语哀歌中已出现过，两首诗跨越漫长的年代和语言差异依然产生着奇异的共鸣。大约公元 9 世纪，一位盎格鲁-撒克逊匿名诗人（学界认为很可能是一名女性）写下这首长仅 19 行的哀歌，后世编辑为它添加的标题是《狼与埃德瓦克》（*Wulf and Eadwacer*），它以这样两行动人的头韵诗收尾：

þæt mon eaþe tosliteð þætte næfre gesomnad wæs,

uncer giedd geador. (ll.18–19)

人们很容易撕开，原本不是一体的东西——

我们两人共同的歌。

（包慧怡 译）

　　古英语人称代词不仅有单数和复数，还有精确表示"两个"的双数，此句中的 uncer 就是第一人称双数所有格形式，相当于 of the two of us。《狼与埃德瓦克》是古英语诗歌中极罕见的由第一人称女性叙事者担任抒情主人公的作品，其中女主人公哀叹自己被迫与爱人"狼"分离的命运（诗中同样没有给出确切的理由），用语言探索"一"和"二"这两个数字可能包含的人物关系。"我们两人"（uncer）的"故事"或"歌"虽然是同一首（geador）——也即"我们"虽然相爱——但是"我们"从来都不是一对。既然从没有通过婚姻等合法形式被结合在一起（næfre gesomnad wæs，女主人公另有一位名叫埃德瓦克的主君／领袖／丈夫），所以人们要强行分开"我们"，也是轻而易举的。这首哀歌中表现出来的痛苦的无可奈何、对自己命运的无法做主，以及对这种无奈的修辞上泰然自若的接受，我们都会在商籁第 39 首中找到。而且，与商籁第 39 首一样，《狼与埃德瓦克》开篇时，叙事者同样已经被迫与爱人生离，爱人同样已是缺席者：

Wulf is on iege, ic on oþerre.

Fæst is þæt eglond, fenne biworpen.（ll.4–5）

狼在彼岛，我在此岛

岛屿固若金汤，被沼泽环绕

（包慧怡 译）

以海伦·文德勒为代表的部分学者认为，商籁第 39

首跳过第 37 首与第 38 首，和之前的"分手情诗"第 36 首构成双联诗，这进一步佐证了 1609 年托马斯·索普（即扉页上神秘献词的落款人 T. T.）出版的四开本十四行诗集并没有反映莎士比亚本人对 154 首商籁排列顺序的最终意志；或者莎士比亚本人有可能在他诗艺成熟的、写作时间较晚的商籁中插入了一些技艺尚未达精湛的早期诗作。[1] 的确，第 36 首与第 39 首不仅主题相似，而且还共享三个韵脚：me/thee、one/alone、twain/remain。更重要的是，它在第二节四行诗中重申了第 36 首第 1 行就已申明的与俊友"活着分开 / 分开生活"的必要性，即使是要以使得"我们珍贵的爱"失去"一个"的名声，失去两人在这份爱中心心相印、合二为一，从而成为"一个"的名声：

Even for this, let us divided live,

And our dear love lose name of single one,

That by this separation I may give

That due to thee which thou deserv'st alone.

就为了这一点，也得让我们分离，

让我们的爱不再有合一的名分，

只有这样分开了，我才能把你

应当独得的赞美给你——一个人。

1 Helen Vendler, *The Art of Shake-speare's Sonnets*, p. 205.

在商籁第 36 首中，诗人把必须分离的原因归咎于自己的某种罪（这罪过的性质如何，以及它是否真的属于诗人－叙事者的罪过，我们在对第 36 首的分析中已经探讨过其可能性），而在本诗中，诗人为这分离生生造出了一种附加的、修辞上的必要性：由于"你是我更好的那一部分"（thou art all the better part of me）——"我更好的那部分"（my better half）这一短语在莎士比亚的时代常用来指代自己的配偶或者伴侣——那么"我赞美你时，岂不等于是在赞美我自己"（what is't but mine own when I praise thee）？由于自我赞美总是令人生厌的，或至少是徒劳无益的（What can mine own praise to mine own self bring），那么只要二人还在一起，只要"你"还是"我"的伴侣，"我"就无法恰如其分地、如"你"所应得的那样去赞美原原本本的"你自己"。这也就是第一行中诗人所忧虑的——或者表现出为之忧虑的——只要"我们"不分开，"我如何能以得体的风度／风格来赞美你的价值"（how thy worth with manners may I sing）？

到此为止，前八行的第二人称致意对象"你"都是俊友，诗人的恋慕对象；但从第 9 行起，本诗后六行的第二人称致意对象"你"摇身变成了"缺席"（absence，屠译"隔离"）本身，"缺席"这个抽象概念在这个六行诗（sestet）中成了诗人直接向其发起吁求的某种寓言人物（allegorical figure)，某种神明一般的存在：

O absence! what a torment wouldst thou prove,

Were it not thy sour leisure gave sweet leave,

To entertain the time with thoughts of love,

Which time and thoughts so sweetly doth deceive

"隔离"呵，你将要给我多大的苦痛，

要不是你许我用爱的甜蜜的思想

来消磨你那令人难挨的闲空，

让我在思念的光阴中把痛苦遗忘

　　要不是爱人的"缺席"给予诗人的"酸楚的闲暇"（sour leisure）让他得以用情思度日，用爱去"甜蜜地欺骗"（sweetly doth deceive）时光和思念本身——要不是还有这些"福利"，"缺席"将会是怎样痛苦的一种折磨！但因为"缺席"允许"我"相思，"缺席"就成了一种幸福的缺席，分离也可以被看作甜蜜的分离。通过一系列典型莎士比亚风格的矛盾修饰法和悖论式短语（paradoxical phrases），我们可以看到诗人如何颇为费力，几乎可以说是牵强地，将"分离"美化，进而得出和第 36 首第 1 行一样的结论——"让我承认我们两人必须要分离"（Let me confess that we two must be twain）。

而最后同样直接向"缺席"呼告的对句则把这种令人心碎的自我催眠推向高潮。"缺席"带来的终极福利是与前面的八行诗（octave）呼应的：缺席可以教会诗人更好地赞颂爱人，那个离开了"我"，因而不会被"我"的自夸玷污的"他"（And that thou teachest how to make one twain, / By praising him here who doth hence remain）。所谓 make one twain 的艺术，根据 twain 这个词所蕴含的相反的双重含义，既可以是"化一为二"，即缺席教会"我"如何接受原本是"一对儿"的"我们"，现在是"两个"不相干的个体这一苦涩的事实；又可以是"化一为一"，也就是让原本各自是"一个"的两人成为"一对"，即当爱人在物理层面缺席时，缺席教会"我"如何更好地去赞颂他，使得自己与爱人在精神层面上再度合一，达到更深层次的结合。缺席教会诗人 make one twain（"化一为二／一"）这门艺术，但这门高深而模棱两可的艺术到底意味着什么，恰恰是诗人向读者抛出的问题。

本诗又是一首爱得卑微的情诗。诗人通过 8+6 结构的人称转折，以及那么多曲折迂回的借口，说"缺席"可以让自己更好地歌颂对方，又可以让自己更好地思念，因此导致对方缺席的这场"分离"不仅是必要的，也是好的。但我们应当透过这表面的修辞，洞见诗人通篇不敢、不能或不愿触碰的真实情感：分离当然是糟糕的，缺席当然是一种折磨，但由于"我"对之无能为力，完全阻止不了它们的发生，那么就用"我"唯一能掌控的诗艺去改写它吧，就说这是一场自愿的分离，"就算是为了这一点"（Even for this）——就算是为了让"我"更好地为"你"写诗。商籁第 39 首让我们看到，诗歌在处理情感危机时如何能够按照诗人的意志"避重就轻"。

俊友候选人、第三代南安普顿伯爵肖像，
被认为出自画家约翰·德·克立兹（John
de Critz）之手。右上角有伦敦塔风景画，
下方的拉丁文铭文（*In vinculis invictus*）
意为"在锁链中也未被征服"

把我对别人的爱全拿去吧，爱人；
你拿了，能比你原先多点儿什么？
你拿不到你唤作真爱的爱的，爱人；
你就不拿，我的也全都是你的。

那么假如你为爱我而接受我的爱，
我不能因为你使用我的爱而怪你；
但仍要怪你，如果你欺骗起自己来，
故意去尝味你自己拒绝的东西。

虽然你把我仅有的一切都抢走了，
我还是饶恕你的，温良的盗贼；
不过，爱懂得，爱的缺德比恨的
公开的损害要使人痛苦几倍。

　　风流的美呵，你的恶也显得温文，
　　不过，恨杀我，我们也不能做仇人。

Take all my loves, my love, yea take them all;
What hast thou then more than thou hadst before?
No love, my love, that thou mayst true love call;
All mine was thine, before thou hadst this more.

Then, if for my love, thou my love receivest,
I cannot blame thee, for my love thou usest;
But yet be blam'd, if thou thy self deceivest
By wilful taste of what thyself refusest.

I do forgive thy robbery, gentle thief,
Although thou steal thee all my poverty:
And yet, love knows it is a greater grief
To bear love's wrong, than hate's known injury.

    Lascivious grace, in whom all ill well shows,
    Kill me with spites yet we must not be foes.

商籁第 40—42 首是一组内嵌"反情诗"，我们称之为"情变内嵌诗"。在这场变故中，诗人所爱慕的俊美青年与诗人的情妇有了一段风流韵事，使诗人陷入一种可怕的双重背叛。虽然位于俊美青年商籁的序列中，这三首诗的情节却对应着黑夫人序列中的三首诗，即商籁第 133、134 和 144 首，形成一种谜语一般的对参。

本诗是整个诗系列中出现"爱"（love）这个词次数最多的一首十四行诗——高达 10 次，平均几乎每行都要出现一次，分别指"（抽象的）爱情"（bear love's wrong）、"情人"（my loves）或"俊美青年"本人（my love）等。讽刺的是，商籁第 40 首却也是诗系列中的第一首"反情诗"（mock love poem），其中描写的爱情不忠贞，被爱者夺走爱人的所爱，爱人之间互相伤害乃至仇恨，恋爱的三角关系非但不构成任何稳定结构，反而剧烈撕扯着爱人的心，其结果是一系列疾风暴雨般有悖经典情诗程式的表达。在本应有一切理由去"恨"的情境下，诗人最终选择继续去"爱"，在最终的对句中以一种近乎受虐的口吻表达了"永不与你为敌"的决心："你尽可以用轻视毒杀我，但我们决不能彼此仇视。"（Kill me with spites yet we must not be foes）"你"是"浪荡的佳人"（lascivious grace），能使"一切邪恶都显得美"（all ill well shows），"你"身上这种种矛盾的属性，在此前的三节四行诗中已有多处暗示，并在第三节四行诗中总归于"温良的盗贼"（gentle thief）这一"冤亲词"：

I do forgive thy robbery, gentle thief,

Although thou steal thee all my poverty:

And yet, love knows it is a greater grief

To bear love's wrong, than hate's known injury.

虽然你把我仅有的一切都抢走了，

我还是饶恕你的，温良的盗贼；

不过，爱懂得，爱的缺德比恨的

公开的损害要使人痛苦几倍。

　　莎士比亚在诗系列中虽然没有用过和 gentle thief 一模一样的搭配，却在多首商籁中使用过类似的表达，比如商籁第 1 首中的"温柔的村夫"（tender churl）、第 35 首中的"甜蜜的小偷"，或是第 151 首中的"温柔的骗子"（gentle cheater）。而这"温良的盗贼"的狠心之处还在于，他要偷去赤贫之人的最后一点财产（thou steal thee all my poverty），集万千宠爱于一身，同时也为"我"所爱的"你"，偏偏要从"我"这里偷走"我"仅有的情妇；"我"不得不诉诸一切爱过的人都明白的公理：忍受爱人的暗算，比忍受仇人可预期的伤害更令人悲伤。即使"你"以怨报德，对爱

"你"至深的"我"施加最深的背叛,"我"却仍选择"原谅你的掠夺",甚至在原谅之前就已经为"你"的开脱找好了借口:

Then, if for my love, thou my love receivest,
I cannot blame thee, for my love thou usest;
But yet be blam'd, if thou thy self deceivest
By wilful taste of what thyself refusest.
那么假如你为爱我而接受我的爱,
我不能因为你使用我的爱而怪你;
但仍要怪你,如果你欺骗起自己来,
故意去尝味你自己拒绝的东西。

　　第二节四行诗中诗人表现了这段关系中自己双重的卑微:一方面,"我"不怪罪"你"的背叛,虽然 my love thou usest,你和"我的情妇"(my love)发生了性关系。莎士比亚的剧本中常用 use 一词表示性交,而此处用来指代情妇的 my love 与其说表示字面上的"爱人",不如说是指"性伙伴"更为准确,因为诗人在本诗以及整个诗系列中无数次剖白过:自己真正的爱情是仅为"你"即俊美青年所保留的。诗人为"你"的背叛想象了一个浪漫的理由:因为"你"太爱"我","你"与"我"又同为男性而无法在身体上结合，所以"你"只有通过占有"我"的情妇来接近"我"。另一方面，仿佛意识到这种开脱的牵强——"如果""你"这么做是出于"对我的爱"（if for my love），那么"我"会选择原谅。但假如"你"这么做的理由是要任性地品尝"你"自己本来无意的东西（wilful taste of what thyself refusest），仅仅是为了伤害"我"，那么"我"就必须发出谴责，因为"你"不该自欺。此处诗人简直像在对一个恃宠而骄的恋人说："和我赌气事小，欺骗你自己，从而自我伤害事大，我不值得你为我这样自暴自弃。"而我们也终于逆行至本诗充满"爱"的字眼，却始终在无助地控诉"爱"之失落的第一节：

Take all my loves, my love, yea take them all;

What hast thou then more than thou hadst before?

No love, my love, that thou mayst true love call;

All mine was thine, before thou hadst this more.

把我对别人的爱全拿去吧，爱人；

你拿了，能比你原先多点儿什么？

你拿不到你唤作真爱的爱的，爱人；

你就不拿，我的也全都是你的。

"爱人啊，把我的情人们都夺去吧，一个都别剩"，但

406

在这爱的加减法中，"你"纵然再用掠夺"我"来增添"你"的收成，"你"也注定无法将她们之中的任何一个称作"你"的"真爱"（No love … that thou mayst true love call），因为只有"你我"才是彼此的真爱，而"我"的一切早已属于"你"。诗人在短短十四行中淋漓尽致地演绎了一场三角恋爱中背叛者和被背叛者可能的心路历程，给出了他对这场背叛，以及背叛他的爱人之可疑性格的合理化。这些复杂的被假设的人物动机、一波三折的潜在心理活动，在 1609 年的初版四开本中表现为远比其他十四行诗多的行内逗号，仿佛诗人要在一个个暗示因果、转折、递进的分句中蹒跚前行，才能说服自己：如此蓄意背叛的恋爱对象还是值得爱慕的。文德勒认为本诗每一行都可拆作前后两个分句，其影响或许来自盎格鲁－撒克逊诗歌的"行间停顿"（caesura），如此一来，整首诗就可以被看作一首 28 行的双倍十四行诗。[1] 我们可以通过以下这首古英语挽歌《废墟》（*The Ruin*）的节选，大致感受一下莎士比亚的语言祖先、盎格鲁－撒克逊诗人的行间停顿传统：

Wrætlic is þes wealstan,	wyrde gebræcon;
burgstede burston,	brosnað enta geweorc.
Hrofas sind gehrorene,	hreorge torras,
hrungeat berofen,	hrim on lime,

1 Helen Vendler, *The Art of Shake-speare's Sonnets*, pp.208–10.

407

scearde scurbeorge scorene, gedrorene,

ældo undereotone. (ll.1–6a)

那些砌墙石精美无比，　被命运击碎；

城市广场都化为废墟，　巨人的杰作倾颓。

屋顶落地，　高塔崩塌，

染雪之门被毁，　灰岩蒙上白霜，

抵御风暴的工事　化作断壁残垣，

被时光无情吞噬。　　　　　　（包慧怡 译）

　　无独有偶，本诗第 11 行（love knows it is a greater grief）中被当作一位神明召作见证人的"爱神"，在神话中恰恰也是一位知名的小偷。背着灵巧弓箭、挥动翅膀的丘比特不仅偷心，还爱偷蜂蜜。在最早记载这个故事的公元前 3 世纪古希腊诗人西奥克里特的《牧歌》中，偷蜜不成反被蜜蜂蜇的顽童丘比特跑去向母亲阿芙洛狄忒哭诉，不满于这么小的动物怎能造成如此剧烈的痛苦，后者笑着向小爱神指出，他自己也不过是个小孩，却能够射出伤人至深的爱之箭。莎士比亚对这个在文艺复兴时期拥有众多版本的故事的间接影射，会在接下来的两首商籁中表现得更为直接。

《窃取蜂蜜的小偷丘比特》，老卢卡斯·卡拉那赫
（Lucas Cranach the Elder），约 1525 年

有时候你心中没有了我这个人，
就发生风流孽障，放纵的行为，
这些全适合你的美和你的年龄，
因为诱惑还始终跟在你周围。

你温良，就任凭人家把你占有，
你美丽，就任凭人家向你进攻；
哪个女人的儿子会掉头就走，
不理睬女人的求爱，不让她成功？

可是天！你可能不侵犯我的席位，
而责备你的美和你迷路的青春，
不让它们在放荡中领着你闹是非，
迫使你去破坏双重的信约、誓盟——

　　去毁她的约：你美，就把她骗到手，
　　去毁你的约：你美，就对我不忠厚。

Those pretty wrongs that liberty commits,

When I am sometime absent from thy heart,

Thy beauty, and thy years full well befits,

For still temptation follows where thou art.

Gentle thou art, and therefore to be won,

Beauteous thou art, therefore to be assail'd;

And when a woman woos, what woman's son

Will sourly leave her till he have prevail'd?

Ay me! but yet thou mightst my seat forbear,

And chide thy beauty and thy straying youth,

Who lead thee in their riot even there

Where thou art forced to break a twofold truth: –

    Hers by thy beauty tempting her to thee,

    Thine by thy beauty being false to me.

商籁第 41 首处理爱人的背誓，是第 40—42 首这组内嵌的"反情诗"中的一首。在这三首诗中，诗人哀叹俊美青年以及自己的情妇同时背叛了自己，同样的题材在商籁第 133、134 和 144 首中还会出现，只不过后者的归咎对象由美少年转向了黑夫人。

本诗的第一、第二节是一种代言的申辩（surrogate apology），由受害人"我"替加害人"你"作出，诗人在替背叛自己的俊友开脱的绝望尝试中，诉诸一系列抽象概念和公理式表述，仿佛要说服自己相信爱人的背叛是身不由己的。比如在第一节四行诗中，诗人将俊美青年的放荡不羁美化为"漂亮的过错"（pretty wrongs），说那不过是"风流罪"（liberty commits），而这风流又与"你"的"美貌"和"青春"相匹配，将美和青春当作了导致"你"容易受引诱的罪魁祸首。仿佛这还不够，诗人还要将"你"犯罪的时间限定于自己不在的时候，"当我有时从你的心中缺席"（When I am sometime absent from thy heart），第二行的意思明明是"当你没有想我的时候 / 当你忘记我的时候"，诗人却要用"我"做主语，仿佛为了"你"的薄情宁肯责怪自己，怪自己没有能力常驻在爱人心里。

第二节四行诗继续为俊美青年辩护，其中充满了与莎士比亚其他作品的互文。比如第 5—6 行这一对因果句——"你那么温和，人人都想将你赢得，/ 你又那么美丽，人人都想把你围攻"（Gentle thou art, and therefore to be won, /

Beauteous thou art, therefore to be assail'd）。莎氏在历史剧《亨利六世》（上）第五幕第三场第78—79行中使用了几乎一样的措辞和句式："她是一个美人，因此人人都想追求；她是一个女人，人人都想赢得她。"（She's beautiful, and therefore to be wooed; She is a woman, therefore to be won.）而本诗第7—8行中所谓当女性主动投怀送抱，没有任何男性能够或应当拒绝（And when a woman woos, what woman's son /Will sourly leave her till he have prevail'd），这一逻辑在莎士比亚大致写于同一时期的叙事长诗《维纳斯与阿多尼斯》中也多有指涉：美少年阿多尼斯不幸早夭的命运在该诗中一定程度上被归于他拒绝了女神维纳斯的爱。在商籁第41首的语境中，这种文本的互参和回响似乎有助于引起读者的同理心：假如是俊美青年的美貌使得女人们对他投怀送抱，那么他无法抵御也是人之常情。但到了全诗第三节中，出现了一个醒目的转折，诗人终于不得不指出整件事中"你"必须负责的那部分过错：

Ay me! but yet thou mightst my seat forbear,

And chide thy beauty and thy straying youth,

Who lead thee in their riot even there

Where thou art forced to break a twofold truth

可是天！你可能不侵犯我的席位，

而责备你的美和你迷路的青春，

不让它们在放荡中领着你闹是非，

迫使你去破坏双重的信约、誓盟

"你"本来可以（mightst）至少做到这一点：不要去染指"我"的女人，第9行中的"忍住不碰我的座位"（my seat forbear），即 forbear from taking my place, abstain/restrain from riding in my seat，是一个直白到粗俗的性双关。在《奥赛罗》第二幕第一场第 289—290 行中也有类似表述，"……我怀疑那淫荡的摩尔人／已经跳上了我的专属座位"（…I do suspect the lustful Moor /Hath leap'd into my seat）。性关系中的占有欲、嫉妒、对忠诚的需求在本节中表现得淋漓尽致，而诗人愤懑的焦点在于，破坏了自己和情妇之间的性忠诚的，恰恰是俊友，自己的心之所属。这么多女人为"你"痴迷，"你"却偏偏选择了深爱着"你"的"我"的情妇，给予"我"双重的打击，并迫使两个人同时背誓：黑夫人对"我"起过誓的性方面的忠诚；"你"对"我"起过誓的爱情上的忠诚，即对句中所说的"去毁她的约：你美，就把她骗到手，／去毁你的约：你美，就对我不忠厚"（Hers by thy beauty tempting her to thee, /Thine by thy beauty being false to me）。

第 12 行"你被迫打破双重的誓言"（Where thou art forced to break a twofold truth），这一句中的"truth"比起它

的现代英语首要释义"真实，真相"，更接近它在中古英语中的两重主要含义：1. 对自己的国家、亲友、爱人、婚姻所保持的忠诚（fidelity, loyalty, allegiance），宗教信仰中对神的虔诚（faithfulness, devotion）；2. 表现这种忠诚的誓言、承诺、契约（promise, commitment, covenant），尤其是婚姻语境中的双方交换誓约（exchange of vows），比如婚礼仪式中的常用措辞"我郑重起誓"（I plight thee my troth），也可以指婚约/订婚的誓言（betrothal 这个词就来自中古英语 troth）。truth 在中古英语中有 troth、treuth、trawthe 等几十种不同的拼写，含义也极其丰富。比如在 14 世纪骑士罗曼司《高文爵士与绿骑士》（*Sir Gawain and the Green Knight*）中，trawthe 是理想骑士的核心和必要品质，包括一个人信守承诺的能力，诚实、正直等美德。但仅从以上罗列的两组首要含义中，我们已不难看出，这正是诗人在商籁第 41 首末尾指控俊友背离或打破的那种 truth："你"背离了爱情领域的忠诚/誓言，"她"背离了性领域的。通过背着"我"与"她"结合，"你"其实并非"被迫"（thou art forced）——如同"我"试图替"你"辩护的那样——而是主动引发了这场双重的背誓。

虽然在最后一节和对句中有所平衡，但总体而言，比起前一首反情诗，商籁第 41 首中对"你"的控诉平缓柔和了许多。诗人在挣扎着为自己寻找原谅的理由，而他也终将找到。这种原谅将以近乎受虐癖的语调在商籁第 42 首中得到表述。

VENVS
AND ADONIS

Vilia miretur vulgus: mibi flauus Apollo
Pocula Castalia plena ministret aqua.

LONDON

Imprinted by Richard Field, and are to be fold at
the figne of the white Greyhound in
Paules Church-yard.
1593.

1593年初版"四开本"《维纳斯与阿多尼斯》
封面，此诗被认为是莎士比亚公开出版的
第一部作品

你把她占有了，这不是我全部的悲哀，
尽管也可以说我爱她爱得挺热烈；
她把你占有了，才使我痛哭起来，
失去了这爱情，就教我更加悲切。

爱的伤害者，我愿意原谅你们：——
你爱她，正因为你知道我对她有情；
同样，她也是为了我而把我欺凌，
而容许我朋友为了我而跟她亲近。

失去你，这损失是我的情人的获得，
失去她，我的朋友又找到了那损失；
你们互相占有了，我丢了两个，
你们两个都为了我而给我大苦吃：

但这儿乐了；我朋友跟我是一体；
她也就只爱我了；这好话真甜蜜！

"失去的艺术"
反情诗

That thou hast her it is not all my grief,

And yet it may be said I loved her dearly;

That she hath thee is of my wailing chief,

A loss in love that touches me more nearly.

Loving offenders thus I will excuse ye:

Thou dost love her, because thou know'st I love her;

And for my sake even so doth she abuse me,

Suffering my friend for my sake to approve her.

If I lose thee, my loss is my love's gain,

And losing her, my friend hath found that loss;

Both find each other, and I lose both twain,

And both for my sake lay on me this cross:

But here's the joy; my friend and I are one;

Sweet flattery! then she loves but me alone.

商籁第 42 首是第 40—42 首这组内嵌"反情诗"中的最后一首,诗人在其中探讨了"爱"与"失去"的关系,以及两者如何能在一种近乎诡辩的逻辑中达成和解。

本诗中,"失去"这个动词(lose)以各种形式(loss、losing 等)总共出现了 6 次,与"爱"这个动词(love)及其各种形式(名词 love、现在分词 loving 等)出现的次数一样多。"失去"仅在第三节四行诗中就密集出现了五次,恰如"爱"在第一、第二节四行诗中总共出现了五次。叙事者承受并试图接受自己被爱人和情人双重背叛的事实,在爱与失去的漩涡中蹒跚前行,几度失衡却又努力用语词寻找着平衡。而第一节中的"悲伤"(grief)和"哀哭"(wailing)就已奠定了本诗挽歌式的基调:

That thou hast her it is not all my grief,

And yet it may be said I loved her dearly;

That she hath thee is of my wailing chief,

A loss in love that touches me more nearly.

你把她占有了,这不是我全部的悲哀,

尽管也可以说我爱她爱得挺热烈;

她把你占有了,才使我痛哭起来,

失去了这爱情,就教我更加悲切。

诗人暗示，即便自己和情妇之间主要是肉体关系，但也不是没有感情，"你"的横刀夺爱带给"我"的损失并不小，"可以说我也很爱她"（it may be said I loved her dearly）——这种矫枉过正的语调恰恰使得俊友和黑夫人在"我"情感天平上的轻重昭然若揭："她占有你……是触痛我更深的爱的失去。"（A loss in love that touches me more nearly）接下来，诗人为这一对双双背叛自己的男女找到了一个几近诡辩的借口，称这两人为"深情的冒犯者"：

Loving offenders thus I will excuse ye:

Thou dost love her, because thou know'st I love her;

And for my sake even so doth she abuse me,

Suffering my friend for my sake to approve her.

爱的伤害者，我愿意原谅你们：——

你爱她，正因为你知道我对她有情；

同样，她也是为了我而把我欺凌，

而容许我朋友为了我而跟她亲近。

第 5 行中的 ye 来自古英语中的双数人称代词，在莎士比亚时代的英语中用来表示第二人称复数"你们"。"你们"这对深情的冒犯者啊，"我"原谅"你们"，因为"你们"各自都是因为爱"我"的缘故而接近对方，以期通过占有对方来占有"我"的一部分——"她"占有"我"的身体，因此"你"通过占有"她"的身体来替代性地占有"我"；而"你"占有"我"的心，所以"她"也通过占有"你"的身体来替代性地占有"我"。第 8 行中的 suffer 是 allow（允许）的意思，"她"允许"我的朋友"（也就是"你"）去试探她，在她身上进行性的冒险（approve）。"她"始终被略带疏离地称作"她"，而第一节中被亲昵地以第二人称呼唤的"你"到了第二节末尾却成了"我的朋友"，暗示"你"与"我"之间渐增的心理距离，两人曾经的亲密无间遭到了破坏。第三节中，诗人几近绝望地试图恢复这种亲密无间，再次把俊美青年称作"你"：

If I lose thee, my loss is my love's gain,

And losing her, my friend hath found that loss;

Both find each other, and I lose both twain,

And both for my sake lay on me this cross

失去你，这损失是我的情人的获得，

失去她，我的朋友又找到了那损失；

你们互相占有了，我丢了两个，

你们两个都为了我而给我大苦吃

如果"我"失去"你"，在这失去中，"我的情人"

（"她"）却会有所收获；与此同时，当"我"失去"她"，"我的朋友"（"你"）却会"失而复得"（found that loss）——失去的一方是"我"，得到的一方是"你"，就如同有人在失物招领处（lost and found）领走了并非自己丢失的东西。虽然本节中黑夫人被冠以"my love"的称谓而俊美青年被冠以"my friend"，但 friend 一词在中古英语和早期现代英语中本来就有"爱人"之意，恰如 love 在此诗语境中主要指的是（只涉及身体关系的）情人关系。"我"虽然"失去"双方，"你们"却"找到"了彼此，"为了我的缘故让我背负这十字架"（And both for my sake lay on me this cross），让"我"成了一个不得不承受双重背叛的基督般的受难者。但是即使如此，在这双重苦难中，"我"也找到了慰藉，通过想象力的转换，通过无所不能的词语，"我"在最后的对句中让自己相信了"你"和"我"是一体，"你"就是我的一部分，反之亦然。那么"她爱你"也就被转换成了"她爱我，并且只爱我"，因为"你就是我，我就是你"（But here's the joy; my friend and I are one; /Sweet flattery! then she loves but me alone）。

带有欺骗含义在内的 flattery 一词，以及"你"最终还是以"我的朋友"（而非更亲昵直白的第二人称）出现在对句中，都暗示这一事实：诗人在全诗中竭尽全力试图达成的"爱"与"失去"的平衡，终究是一场摇摇欲坠的自欺。

爱人的背叛既成事实，情人的被夺不可挽回，留给"我"的选项不过是如何去消化这事实，这双倍的苦难。而"我"通过在诗歌的修辞中选择"原谅"（I will excuse ye），方使得此后仍以俊美青年为唯一表白对象的 80 余首商籁成为可能。

仿佛一种诗歌史上的回声，莎士比亚写作十四行诗将近四百年后，同样用英语写作并处理同性爱情的一名美国女诗人，使用了诞生于莎士比亚商籁时代（16 世纪）、从法国舶来的一种牧歌体（维拉内勒体，villanelle），写下了 20 世纪关于"爱"与"失去"的最哀伤动人的诗篇之一。[1] 伊丽莎白·毕肖普一生中唯一的一首维拉内勒体诗，成为继莎翁商籁第 42 首之后，关于"失去的艺术"的绝唱：

One Art

Elizabeth Bishop

The art of losing isn't hard to master;

so many things seem filled with the intent

to be lost that their loss is no disaster.

Lose something every day. Accept the fluster

of lost door keys, the hour badly spent.

---

1 一首维拉内勒由五节三行诗与一节四行诗组成，第一节诗中的一、三句为叠句并且押尾韵，在其余诗节第三句交替重复，直至最后一节中同时重复。一般认为维拉内勒体的正式确立始于让·帕斯华（Jean Passerat）的法语名诗《我丢失了我的小斑鸠》(1606)，Villanelle 一词源于拉丁文，原指田园牧歌或民谣。

The art of losing isn't hard to master.

Then practice losing farther, losing faster:
places, and names, and where it was you meant
to travel. None of these will bring disaster.

I lost my mother's watch. And look! my last, or
next-to-last, of three loved houses went.
The art of losing isn't hard to master.

I lost two cities, lovely ones. And, vaster,
some realms I owned, two rivers, a continent.
I miss them, but it wasn't a disaster.

—Even losing you (the joking voice, a gesture
I love) I shan't have lied. It's evident
the art of losing's not too hard to master
though it may look like (Write it!) like disaster.

一种艺术

伊丽莎白·毕肖普

失去的艺术不难掌握；
如此多的事物似乎都
有意消失，因此失去它们并非灾祸。

每天都失去一样东西。接受丢失
门钥匙的慌张，接受蹉跎而逝的光阴。
失去的艺术不难掌握。

于是练习失去得更快，更多：
地方、姓名，以及你计划去旅行的
目的地。失去这些不会带来灾祸。

我丢失了母亲的手表。看！我的三座
爱屋中的最后一座、倒数第二座不见了。
失去的艺术不难掌握。

我失去两座城，可爱的城。还有更大的
我拥有的某些领地、两条河、一片大洲。
我想念它们，但那并非灾祸。

——即使失去你（戏谑的嗓音，我爱的

一种姿势）我不会撒谎。显然

失去的艺术不算太难掌握

即使那看起来（写下来！）像一场灾祸。

（包慧怡 译）

"黑夫人"候选人之一伊丽莎白·维农
（Elizabeth Vernon）肖像，约作于 1600 年，
此后维农成为南安普顿伯爵夫人，随夫姓
更名为伊丽莎白·里欧赛斯利（Elizabeth
Wriothesley）

我的眼睛要闭拢了才看得有力，
因为在白天只看到平凡的景象；
但是我睡了，在梦里它们就看见你，
它们亮而黑，天黑了才能看得亮；

你的幻影能够教黑影都亮起来，
能够对闭着的眼睛放射出光芒，
那么你——幻影的本体，比白天更白，
又怎能在白天展示白皙的形象！

你的残缺的美影在死寂的夜里
能透过酣睡，射上如盲的两眼，
那么我眼睛要怎样才有福气
能够在活跃的白天把你观看？

不见你，个个白天是漆黑的黑夜，
梦里见到你，夜夜放白天的光烨！

夜视
玄学诗

When most I wink, then do mine eyes best see,

For all the day they view things unrespected;

But when I sleep, in dreams they look on thee,

And darkly bright, are bright in dark directed.

Then thou, whose shadow shadows doth make bright,

How would thy shadow's form form happy show

To the clear day with thy much clearer light,

When to unseeing eyes thy shade shines so!

How would, I say, mine eyes be blessed made

By looking on thee in the living day,

When in dead night thy fair imperfect shade

Through heavy sleep on sightless eyes doth stay!

    All days are nights to see till I see thee,

    And nights bright days when dreams do show thee me.

商籁第 43 首起，献给俊美青年的诗系列进入了一组处理"离别中的恋情"，即异地恋主题的内嵌诗。这一主题从第 43 首一直延续到第 52 首，是十四行诗系列中最长的内嵌诗组，我们将它们统称为"离情内嵌诗"。其中，叙事者"我"展开了某种必要而不情愿的长途旅行，因而被迫与所爱天各一方。在爱人的缺席中，对爱人的思念和对恋情的反思达到了新的玄学深度。

本诗延续了商籁第 27 首(《夜视情诗》)和商籁第 28 首(《昼与夜情诗》)的主题，诗人所呈现的那种"黑暗中的视觉"实为"你"的美貌和"我"的思念共同作用的结果，它们使得"我"能够在睡梦中看见"你的影子"(ll.7–12, Sonnet 27)。商籁第 43 首同样充满了戏剧化的反题：看见与盲目；白昼与黑夜；影子与实体；黑暗与明亮；死与生。在睡梦中，身体的感官虽然关闭，心灵的感官却使得"你"的影子在"我"眼前栩栩如生，在"我"眼睛"闭得最紧"时却能看得最清晰，本诗第一节基本是对商籁第 27 首核心主题的延续：

When most I wink, then do mine eyes best see,

For all the day they view things unrespected;

But when I sleep, in dreams they look on thee,

And darkly bright, are bright in dark directed.

我的眼睛要闭拢了才看得有力，

因为在白天只看到平凡的景象；

但是我睡了，在梦里它们就看见你，

它们亮而黑，天黑了才能看得亮

但到了第二、第三节这两组并列的四节诗歌中，商籁第 43 首开始更多地展现玄学诗的特质，对"能够教黑影都亮起来，/能够对闭着的眼睛放射出光芒"的"你的影子"的潜能进行思考：如果影子都能在黑夜中熠熠生辉，那么产生影子的实体在白昼将形成怎样美好的形象! 假如"我"的眼睛在闭着时，在"死气沉沉的黑夜"中，就能从"不完美的影子"中得到那样的快乐，那若能在光天化日之下直接注视"你"的形体，它们将感到何其幸运：

Then thou, whose shadow shadows doth make bright,

How would thy shadow's form form happy show

To the clear day with thy much clearer light,

When to unseeing eyes thy shade shines so!

你的幻影能够教黑影都亮起来，

能够对闭着的眼睛放射出光芒，

那么你——幻影的本体，比白天更白，

又怎能在白天展示白皙的形象!

How would, I say, mine eyes be blessed made

By looking on thee in the living day,

When in dead night thy fair imperfect shade

Through heavy sleep on sightless eyes doth stay!

你的残缺的美影在死寂的夜里

能透过酣睡，射上如盲的两眼，

那么我眼睛要怎样才有福气

能够在活跃的白天把你观看？

书写黑夜以及黑夜中的视觉的莎士比亚，在半个多世纪前的意大利——那个十四行诗诞生的国度，有一个格外有趣的对参诗人：文艺复兴三杰之一的米开朗琪罗。米开朗琪罗一生中写下了三百多首优美的十四行诗和抒情短歌（madrigal），是文艺复兴诗学史上声名与造诣最不成比例的诗人之一。这也难怪，米开朗琪罗本人对自己的诗歌并不自信，生前也从未出版过诗集，写诗于他是一种见缝插针的业余活动。他一生中留下的 343 首完整诗篇和诗歌片段在他去世半个多世纪后的 1623 年，才经由侄孙小米开朗琪罗之手首次结集出版。并且小米开朗琪罗为了维护老米开朗琪罗的名誉，擅自将情诗中的男性人称代词"他"全部替换成了"她"——直到 1878 年英国同性恋平权主义者约翰·阿丁顿·西诺兹（John Addington Symonds）自意大利原文将它们译入英文，诗集才以原来的面貌出现在世人面前。[1]

如果说但丁《新生》中献给碧雅特丽齐的 25 首商籁第一次将世俗爱欲与宗教情感在这一方言诗中完美结合，而彼特拉克《歌集》中给劳拉的三百多首商籁把这一诗体推向修辞之巅，以至于意大利体商籁被永远冠以"彼特拉克体"的别名，那么米开朗琪罗对商籁体的贡献——将它的表现空间从情诗拓展到时事讽喻、创作心得、宗教冥想乃至日常生活的油盐酱醋等一切领域——却始终未得到文学史足够的关注。但丁、彼特拉克、米开朗琪罗，这三个活跃于中世纪盛期至文艺复兴早期的托斯卡尼同乡人的创作生涯，正是托斯卡尼方言作为诗歌语言登上历史舞台的过程，也为意大利体商籁日臻成熟，并在英国变体后生根开花，最终成为近现代最重要的诗体之一的后世发展奠定了根基。我认为，米开朗琪罗献给夜晚的三首商籁，代表了他最高的诗歌成就，与莎士比亚的第 27、28、43 首商籁对比阅读，可以看到这位生前没有诗名的意大利诗人与我们的"埃文河畔的吟游诗人"之间可贵的互文。

"正因太阳拒绝用光明的双臂／拥抱阴森又寒冷的大地／人们才把大地的另一面叫作'黑夜'／却对第二种太阳一无所知……假如黑夜注定也拥有出生／无疑它是太阳和

1 详见包慧怡《缮写室》，第 198—204 页。

大地的女儿／太阳赋予它生命，大地令它留驻"（米开朗琪罗《献给夜晚的第一首商籁》）——白天借助日光的劳作结束后，夜晚是他与自己的心灵独处的时候，白天属于执行和效率，夜晚则属于沉思和灵感。米开朗琪罗并未言明这为世人所不知的"第二种太阳"是什么，或许是月亮，更可能是一种如日光般点亮艺术家内心的天启之光：与幽深晦暗而不可言说的黑夜相随，诞生于混沌却命定为混沌赋形，每个真正的创作者都熟悉这"第二种太阳"带来的神秘的"照亮"（*illuminare*）。根据瓦萨里的记载，米开朗琪罗甚至常在黑夜中工作："生活上的节制使他清醒异常，只需要很少的睡眠。夜间他不能入睡时便起身拿起凿子工作，为此他还制作了一顶硬纸帽，帽顶中心固定一盏点亮的灯，无论在哪里工作都可以投下亮光，使他的双手无所障碍。本人多次见过这顶纸帽并注意到，米开朗琪罗同时使用蜡灯和羊脂灯照明。"（《艺苑名人传》）正因熟悉黑夜的这种创造性能量，米开朗琪罗可以向夜发出坚定的礼赞："谁赞颂你，谁就睿智而明察秋毫／谁向你顶礼，心中就不会空虚……你从最深的深渊里唤醒智慧／没有什么攻击能折损这智慧之光。"（《献给夜晚的第二首商籁》）米开朗琪罗"黑夜诗"中的光和视觉与莎翁商籁中的所指有所不同，但它们同样诉诸一种感官怀疑主义，一种悖论式的表达：夜晚未必漆黑一片，黑夜中的视觉未必不及白昼敏锐。

遵循但丁和彼特拉克的脚步，米开朗琪罗自然也写作以血肉之躯为致意对象的情诗。他写给比他年轻 34 岁的同性爱人托马索·卡瓦利耶里（Tommaso Cavalieri）的系列十四行诗，成了俗语（vernacular）文学史上最早由男性写给另一名男性的连环商籁，比莎士比亚写给"俊美青年"的十四行诗系列早了半个世纪，在某种意义上成了莎士比亚商籁中的俊美青年系列在欧陆的先声。在莎士比亚商籁第 43 首的结尾，幢幢的黑影似乎摇曳幻化成一个梦中世界，在这个世界中，昼夜可以互换，而"你"是转换的关键：

All days are nights to see till I see thee,
And nights bright days when dreams do show thee me.
不见你，个个白天是漆黑的黑夜，
梦里见到你，夜夜放白天的光烨！

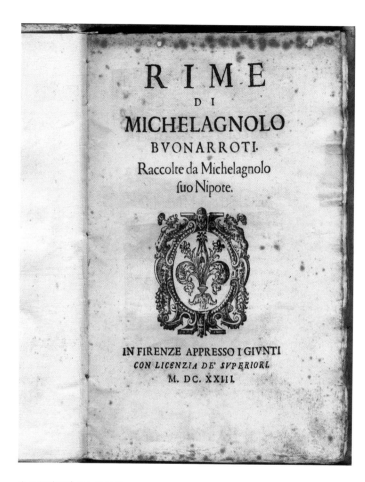

RIME

DI

MICHELAGNOLO

BVONARROTI.

Raccolte da Michelagnolo
ſuo Nipote.

IN FIRENZE APPRESSO I GIVNTI
CON LICENZIA DE' SVPERIORI.
M. DC. XXIII.

米开朗琪罗诗集初版封面

那距离远得害人，我也要出发，
只要我这个笨重的肉体是思想；
这时候顾不得远近了，从海角天涯
我也要赶往你所待着的地方。

那没有关系的，虽然我的脚站在
这块土地上，离开你非常遥远，
敏捷的思想能跃过大陆跟大海，
只要一想到自己能到达的地点。

但是啊！思想在绞杀我：我不是思想——
你去了，我不能飞渡关山来追踪，
反而，我是土和水做成的，这样，
我只得用叹息来伺候无聊的闲空；

　　俩元素这么钝，拿不出任何东西，
　　除了泪如雨，两者的悲哀的标记。

If the dull substance of my flesh were thought,
Injurious distance should not stop my way;
For then despite of space I would be brought,
From limits far remote, where thou dost stay.

No matter then although my foot did stand
Upon the farthest earth remov'd from thee;
For nimble thought can jump both sea and land,
As soon as think the place where he would be.

But, ah! thought kills me that I am not thought,
To leap large lengths of miles when thou art gone,
But that so much of earth and water wrought,
I must attend time's leisure with my moan;

    Receiving nought by elements so slow
    But heavy tears, badges of either's woe.

在"离情内嵌诗"系列中，第 44 首和第 45 首商籁是一组非常典型的双联诗，合起来读，它们组成了一种"四元素奇喻"。我们将会在其中看到，与俊友－爱人别离的诗人如何将自己的身体大卸八块，把不同的部件分派给不同的元素。

历来就有人对莎翁的学问功底诟病不已。莎士比亚剧本和诗歌作品包罗万象，具有百科全书式的博物志视角，看似不可能出自一个没念过大学，只上过文法学校、主要靠自学写作的草根作家之手。四百多年来，诸多学者一口咬定莎士比亚的作品另有所谓"真实的作者"，而"莎士比亚"只是个代名、化名或笔名，这些学者被统称为"反斯特拉福派"（Anti-Stratfordians）——反对历史上真有出生于埃文河畔斯特拉福镇的威廉·莎士比亚这个人，即使真有，目前被归入莎士比亚名下的作品也不是他写的。几百年来，"反斯特拉福派"各分支前后提出的"真实作者"候选人竟有五十人之多，大部分候选人都拥有远比莎士比亚优越的教育背景：本·琼森、克里斯托弗·马洛、牛津伯爵，甚至女王伊丽莎白一世本人……琼森本人也没有掩饰他对莎氏学养的歧视，当"第一对开本"的编辑约翰·海明斯和亨利·康德尔在序言中赞扬莎翁"心手合一，表达思想时极为顺畅，我们收到的手稿中简直没有一块涂抹的痕迹"时，琼森颇不屑地回应："但愿他涂掉了一千块！"讥刺莎士比亚"少谙拉丁，更鲜希腊"的也是琼森。

莎士比亚的作品确实上通天文下通地理，具有普林尼式古典博物志的视野，对于占星、塔罗、元素说、炼金等玄学知识也颇有涉猎。但他的知识面恐怕还没有丰富到令人生疑的地步，以莎士比亚作品"太博学"来断定作者另有其人，实在是粗暴的背景歧视。同时，莎氏对这些博物和玄学知识的运用是高度灵活的，具有强烈的个人特色，极富原创性，远远不只知掉书袋的学究式写法，这些在十四行诗系列中那些可归入玄学诗和博物诗的商籁中表现得尤为显著。

商籁第44首的第一节中，诗人向我们昭告了与俊友分别的状态，两人相隔重洋，距离远到"伤害人"的程度（Injurious distance）。但是，诗人在他的奇思中为自己虚拟了一具属灵的身体（If the dull substance of my flesh were thought）：如果"我"的肉身不是肉身，而是思想，是纯粹的精神，那么即使海角天涯，"我"也要赶往你的身旁（For then despite of space I would be brought, /From limits far remote, where thou dost stay）。

第二节中，诗人沿用这一虚拟情境：但凡"我"是思想的话，我的踏足之地距离"你"再远也无妨，因为敏捷的思想只需要轻轻一跃就能越过万水千山。潜台词是只要"我"一想起"你"，在这个思念的瞬间，"我"就会如瞬间移位般来到"你"身边，与你同在（For nimble thought can jump both sea and land, /As soon as think the place where he would be）。

第三节意料之中地出现了转折（volta）。回到物理现实世界的"我"哀叹（But, ah!）：很遗憾"我"并不是思想，却是一具沉重的肉身。诗人在第9行中玩了一个精妙的文字游戏，原文作 thought kills me that I am not thought，"我不是思想"——意识到这一点的这个"想法"直接杀死了"我"（令"我"痛不欲生）。由于"我"不像自己希望的那样是思想，因此不能飞越万里去"你"身边（To leap large lengths of miles when thou art gone）——思想对应的元素是空气，而"我"的身体是四大元素中最重的土和水做成的（But that so much of earth and water wrought），由于被自己的重量锁在原地，"我"只能用叹息来伺候无聊的闲空（I must attend time's leisure with my moan）。

最后的对句中，诗人抱怨水和土是两个又重又慢的、"如此迟钝的元素"（elements so slow），它们捧不出任何东西（receiving nought），除了眼泪。在爱人的缺席中，"我"由泥土和水构成的肉身最后化成了悲伤的眼泪，这"沉重的眼泪"亦是这两种元素的"悲哀的印记"（But heavy tears, badges of either's woe）。

四元素学说从古典时期到中世纪和文艺复兴时期在物

理、医学和玄学领域一直非常盛行，但莎士比亚对它进行了高度创造性的灵活运用。受到亚里士多德等古希腊哲学家的启发，四大拉丁教父之一的奥古斯丁曾把四大元素进行阶梯式排序，按照与人体五种外感官的对应从"轻"到"重"列成一座金字塔，位于金字塔底部的就是"土"。奥古斯丁认为"土"（"地"）是最重、最物质、距离精神和理性最远的元素，对应的人体感官是触觉，并且"女人的触碰对一个男基督徒的精神来说是最危险的"，因为它是最粗重、最低劣的一种元素，最容易引人堕落。排在触觉之上的是味觉，味觉对应的元素是水（人需要唾液才能辨认食物的味道），正如味觉是饱食终日的老饕们偏爱的感官，对应的水元素也相对沉重、迟钝、笨拙，仅比土元素略轻盈一些。诗人在这首诗里自比为"土和水"，不仅描画了与爱人别离后自己的滞重心绪，更是为了与他所祈求成为的元素"风"（思想的化身）形成鲜明对照。至此，这幕"元素变形记"才演完了上半场。下半场中，"风"和另一种更轻的元素"火"成了主角，我们要读完商籁第 45 首才能看见全貌。

四元素构成的人体

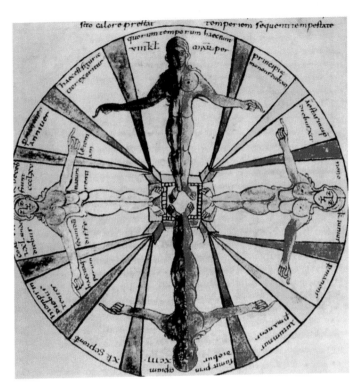

人体四元素图，塞维利亚的伊西多尔
《物性论》手稿

我另外两个元素，轻风和净火，
不论我待在哪里，都跟在你身旁；
这些出席的缺席者，来去得灵活，
风乃是我的思想；火，我的渴望。

只要这两个灵活的元素离开我
到你那儿去做温柔的爱的使者，
我这四元素的生命，只剩了两个，
就沉向死亡，因为被忧伤所压迫；

两位飞行使者总会从你那儿
飞回来使我生命的结构复原，
甚至现在就回来，回到我这儿，
对我保证，说你没什么，挺康健：

　　我一听就乐了；可是快乐得不久，
　　我派遣他们再去，就马上又哀愁。

The other two, slight air, and purging fire

Are both with thee, wherever I abide;

The first my thought, the other my desire,

These present-absent with swift motion slide.

For when these quicker elements are gone

In tender embassy of love to thee,

My life, being made of four, with two alone

Sinks down to death, oppress'd with melancholy;

Until life's composition be recur'd

By those swift messengers return'd from thee,

Who even but now come back again, assur'd,

Of thy fair health, recounting it to me:

    This told, I joy; but then no longer glad,

    I send them back again, and straight grow sad.

在早期教父时代到中世纪晚期的基督教感官文化史中，视觉长久以来位于感官金字塔的顶部。这种"感官等级制"（hierarchy of sensorium）很可能植根于亚里士多德和西塞罗，遂在奥古斯丁手中基本确立并深远地影响了后世的感官理论。五种"外感官"的等级通常自上而下这样排列：视觉（visus，对应最轻的"火"元素）、听觉（auditus，对应"气"元素，"气"元素也即"风"元素）、嗅觉（olfactus，同时对应"土"和"水"两种元素）、味觉（gustus，对应"水"元素）和触觉（tactus，对应最重的"土"元素）。触觉不仅由最"粗糙"的自然元素主宰，还被认为是"肉身"成分占据最多的感官，因此也对信徒的精神福祉造成最大的潜在威胁。

在商籁第44首中，我们已经看到莎士比亚是如何玩转四元素理论，用它所提供的阐释空间来进行创作的。"这两种缓慢的元素毫无所赐／除了沉重的眼泪，两者悲哀的印记。"这两种重元素即位于金字塔底部的土和水，列在它们所分别对应的触觉和味觉之上的是嗅觉（当时人们相信嗅觉是土和水的结合而产生的一种感官），再往上就是气，在古典时期到文艺复兴时期的感官论中，听觉的产生是因为风在鼓膜上爆破，所以对应着"听觉"。从风元素开始，就出现了一个物理性的、相对低劣的元素和灵性的、比较高等的元素之间的分界。

在风之上、位于金字塔顶部、最高等的一种元素就是火,而火对应的感官是我们的视觉。中世纪感官论区分于现代感官论的一个显著特征是"双向性",人们相信感觉器官不仅是信息的被动接收器,同时还是发射端,能够向感知对象散布看不见的、独属于我们的"物种粒子"并改变它们的性质,反之亦然。这种双向性在视觉中表现得最为直接,从柏拉图时代起直到中世纪,不乏哲学家相信视觉的产生部分是因为人类的眼睛能放射出一种隐形的光,由于我们向注视对象投射出了光线(此过程被称作 extramission,"向外投射"),作为注视对象的物体会反射回一种新的光线(此过程被称作 intromission,"向内投射"),来自物体的光线最终进入我们的眼睛,如此才产生了视像。这种双向视觉理论被中世纪英国的光学大师罗伯特·格罗塞泰斯特(Robert Grossetteste)和他更有名的学生罗杰·培根(Roger Bacon)发扬光大。这种在人眼和物体之间交换的光在中世纪和早期现代被看作一种火的"变体",因而在感官与元素对应的金字塔上,火和风分别位于最高和第二高的位置,是最具精神性、最接近理性的感官。

莎士比亚无疑熟悉这些植根于往昔,但在 16 世纪仍部分盛行的感官理论。第 45 首商籁开篇伊始,诗人自述"我"的"另外两种元素,轻风和净火",永远伴"你"身旁,无论"我"身处何地(The other two, slight air, and purging fire/Are both with thee, wherever I abide）。诗人管这两种元素叫作"出席的缺席者"（These present-absent）：风和火在"我"处缺席，在"你"处出席，因为风是"我"思念"你"的思想，火是"我"对"你"的渴求和欲望（The first my thought, the other my desire）。这两个灵活的元素（these quicker elements）被派到了俊友身边去做温柔的爱的使者（In tender embassy of love to thee），于是原先由四元素组成的生命只剩下了土和水这两个缓慢而沉重的、较少精神性的元素。

第三节中，诗人说风和火这两位飞速的使者（swift messengers）总会从"你"那儿飞回来，使我生命的结构复原，甚至此刻就在对"我"起誓，"你"一切安康（Who even but now come back again, assur'd, /Of thy fair health, recounting it to me）。但是好景不长，由于"我"无时无刻不在渴望和思念"你"，所以这两名使者刚报完信就飞速离开，前往"你"的身边，不见爱人消息的"我"立刻再度陷入了忧愁中（This told, I joy; but then no longer glad, /I send them back again, and straight grow sad）。

对照阅读商籁第 44 首和第 45 首这组玄学双联诗，我们会看到莎士比亚不仅熟悉主流的元素理论，甚至也了解中世纪和文艺复兴时期四元素与塔罗牌四花色之间的对应。粗略论之，在塔罗小阿卡纳牌（Minor Arcanas）的花色中，风元素对应的是人的智力和思想，其符号是一把宝剑，到了塔罗的后裔扑克牌中就变成了黑桃（spade）；而火元素象征人的激情、欲望、意志力，符号是一根棍棒（wand 或 baton），这个花色到了现代扑克牌里变成了草花（club）。此外，水元素在塔罗中象征人的内心情感，符号是圣杯（cup），逐渐演变成现代扑克牌中的红心（heart）；土元素象征物质、人对实用的"接地气"之物的需求，还有沉重迟滞的肉身（与本组双联诗中莎士比亚的理解全然相通），其塔罗牌符号是一枚圆形的印有五芒星的钱币，又称星币（pentacle），对应的现代扑克牌中的花色是钻石（diamond），就是中文语境下的方块、方片。莎士比亚把他的四位"元素－感官"演员充分调动起来，在短短 28 行诗的篇幅中，上演了一场符号迷你剧，精巧又可信地诉说离情，把玄学知识天衣无缝地融入了情诗的主题。

棍棒	星币	剑	圣杯
（草花）	（方片）	（黑桃）	（红心）
火	土	气（风）	水
热情	实际	智力	情感
雄心	感官	概念	意见
力量	机会	思考	心理
直觉	扎根	理性	才能

四元素与四塔罗花色的对应，以及相应的
人体构成

15 世纪维斯康蒂塔罗牌中的圣杯王后

我的眼睛和心在拼命打仗，
争夺着怎样把你的容貌来分享；
眼睛不让心来观赏你的肖像，
心不让眼睛把它自由地观赏。

心这样辩护说，你早就在心的内部，
那密室，水晶眼可永远窥探不到，
但眼睛这被告不承认心的辩护，
分辩说，眼睛里才有你美丽的容貌。

于是，借住在心中的一群沉思，
受聘做法官，来解决这一场吵架；
这些法官的判决判得切实，
亮眼跟柔心，各得权利如下：

　　我的眼睛享有你外表的仪态，
　　我的心呢，占有你内心的爱。

Mine eye and heart are at a mortal war,
How to divide the conquest of thy sight;
Mine eye my heart thy picture's sight would bar,
My heart mine eye the freedom of that right.

My heart doth plead that thou in him dost lie, –
A closet never pierc'd with crystal eyes–
But the defendant doth that plea deny,
And says in him thy fair appearance lies.

To side this title is impannelled
A quest of thoughts, all tenants to the heart;
And by their verdict is determined
The clear eye's moiety, and the dear heart's part:

　　As thus; mine eye's due is thy outward part,
　　And my heart's right, thy inward love of heart.

与之前的第 44 首和第 45 首商籁一样，第 46 首与第 47 首商籁是一组"双联诗"，也是一组玄学诗。在这两首诗中，莎士比亚虚构了一场"眼睛"和"心灵"之间的殊死决战，并让眼与心分别作为被告和原告闹上了法庭。

本诗中，诗人将眼与心部署为一场"生死大战"中的对立方（Mine eye and heart are at a mortal war），争夺的对象是对爱人之"在场"的占有权，即"看见"爱人所有权（How to divide the conquest of thy sight）。眼与心之间的战争这一奇喻并非莎士比亚的独创，比如他的同时代诗人兼剧作家托马斯·华生（Thomas Watson, 1555—1592）就曾在他的十四行诗系列《幻象之泪：或被蔑视的爱》（*The Tears of Fancie, or Loue Disdained*）的第 19 首和第 20 首中写过类似的眼睛与心灵之间爆发的一场大争吵。华生的十四行诗系列由 60 首商籁加一首序诗构成，于 1593 年结集出版。事实上，稍晚一点的一名教士作家威廉·考威尔（William Covell, d.1613）曾于 1595 年左右称莎士比亚为"华生的后继者"（Watson's heyre）。

再往前追溯，其实无论莎士比亚还是华生，都是在一个更久远的文体传统里写作的，即辩论诗（debate poem）。辩论诗中最常见的一种是灵肉辩论诗，又称"灵肉对话体"（body and soul dialogue）。这种文体可以追溯至尼西亚公会之前的早期教父作品，中世纪时在所有主要的欧洲俗语中都有许多优秀范例，且能在 9—15 世纪的古英语和中古英语文学中持续找到样本。在距离莎士比亚两三个世纪的中古英语灵肉辩论诗中，一个将死之人的灵魂总是指责身体软弱堕落，导致灵魂要在肉体消亡之后下地狱，身体则反驳说，一切都是因为灵魂没有指引它如何虔敬地生活——在这类辩论诗中，"灵"与"肉"唇枪舌剑的辩论不是为了争夺什么权利，却是为了彼此指责，将人的堕落归咎于对方。

莎士比亚的这首"心眼辩论"（heart and eye debate）商籁则有个浪漫得多的主题：爱情的表达。第一节四行诗的后两行遵循"交叉法"（chiasmus）："我的眼睛要阻止我的心看见你的肖像，我的心（要阻止）我的眼睛自由行使那种权利。"（Mine eye my heart thy picture's sight would bar, /My heart mine eye the freedom of that right.）这里的"肖像"(thy picture) 可能是记忆中存留的爱人的形象，也可能是一幅真实的肖像，或是珍藏在项链吊坠中的迷你肖像，就像伊丽莎白时期的贵族经常定制的那样。

无论是何种情况，心都否认眼睛对爱人的肖像权的垄断，进而在第二节四行诗中说，"你"的位置是在心的深处，而心是一个藏宝柜，再透彻的眼睛也无法将它洞穿（My heart doth plead that thou in him dost lie, –/A closet never pierc'd with crystal eyes）。这里出现了此后将贯穿全诗的法律术语：作不及物动词的 plead，法学语境下意为在法庭上为某个观点或案件据理力争（to argue a case or cause in a court of law）。心在此成为了提出诉讼的主动方，也即原告（plaintiff）——被告自然是眼睛了。而眼这位被告不甘示弱，针锋相对，否认心的控告，认为爱人美丽的外表只藏在双眸中（But the defendant doth that plea deny, /And says in him thy fair appearance lies）。简而言之，原告"我的心"认为"你"整个都居住在心中，因此眼睛此前阻止心去看望"你的肖像"是无理的垄断；而被告"我的眼睛"认为"肖像"所代表的外貌只存在于眼中，因此原告的控诉无理。双方各执己见，相持不下。

于是第三节四行诗中，为了判定这个案件，只好拉来一个陪审团（To side this title is impannelled /A quest of thoughts, all tenants to the heart）——作动词的 side 这里相当于 decide（裁决，判定），而 impannell 的现代拼法是 impanel 或 empanel（把某人列入陪审员名单）。此处被列入名单的陪审员们是"一队思想，全部都是心灵的房客"（A quest of thoughts, all tenants to the heart）。这样就很成问题：当一个陪审团的全部成员都是原告的房客（眼睛无法思考，故 thoughts 只能是心的房客）时，我们当然要担心裁决的公正性，陪审员们显然会偏向原告，等等。不过，这群思想陪审员得出的裁决（verdict）倒也合乎逻辑和情理，表面上并无偏颇，无非是将原本属于眼睛的判给眼睛，将属于心的判给心，并没有将眼睛的份额强行划分给它们的房东。裁决的具体内容体现在最后的对句中："因此，你的外表属于我的眼睛，/ 而你心中的爱，属于我的心灵。"（As thus; mine eye's due is thy outward part, /And my heart's right, thy inward love of heart.）在这看似不偏不倚、符合事物本性的判决中，到底是眼还是心获得了更好的那一部分？读者们心中自会有答案。需要注意的是对句中对心灵之特权的修改，上文第二节中还只是说，"你"整个儿地住在"我"的心中，而到了对句里，我们看到了心灵更具体更确凿的诉求：是"你"心中的爱，是"你"对"我"的爱，住在"我"的心里；换言之，心所占有的是"你我"之间相爱的关系。不妨来对比一下《仲夏夜之梦》第一幕第一场中莎士比亚对"眼"与"心"在爱情中功能的比较：

Love looks not with the eyes, but with the mind;

And therefore is wing'd Cupid painted blind:

Nor hath Love's mind of any judgement taste;

Wings and no eyes figure unheedy haste:

And therefore is Love said to be a child,

Because in choice he is so oft beguiled. (ll.234–39)

爱，不用眼睛看，却是用心灵，

因此插翅的丘比特被画成盲目：

爱情的判断全然不凭着理性；

是翅膀，而非眼睛，造就这莽撞的心急：

所以人们说爱神是一个小孩，

只因做选择时他常常被欺瞒。

（包慧怡 译）

虽然在《仲夏夜之梦》中，失去视觉的心使得爱情盲目又莽撞，但这恰恰佐证了商籁第 46 首最后的判决：爱是被心所左右的，不是被眼睛。"去看还是去爱"，眼与心的争论其实是一场审美与情感的争论。虽然与传统灵肉辩论诗中论战双方直接以第一人称和直接引语出场的形式不同，商籁第 46 首中的眼与心之战全程是由旁观者（也即眼和心的共同主人"我"）间接概述的，但我们依然可以生动地感受到那份剑拔弩张。出乎读者意料的是，这股战地硝烟将在这首诗的"续诗"——商籁第 47 首——中奇迹般地消失无踪。

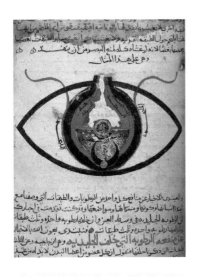

中世纪"光学之父"阿尔哈森的
视觉神经手稿

THE

TEARS OF

Fancie.

OR,

Loue Disdained.

Ætna grauius Amor.

Printed at London for William Barley, dwelling
in Gratious streete ouer against Leaden
Hall. 1593

托马斯·华生十四行诗集《幻想
之泪》初版封面

我的眼睛和心缔结了协定，
规定双方轮流着给对方以便利：
一旦眼睛因不见你而饿得不行，
或者心为爱你而在悲叹中窒息，

我眼睛就马上大嚼你的肖像，
并邀请心来分享这彩画的饮宴；
另一回，眼睛又做客到心的座上，
去分享只有心才有的爱的思念：

于是，有了我的爱或你的肖像，
远方的你就始终跟我在一起；
你不能去到我思想不到的地方，
永远是我跟着思想，思想跟着你；

　　思想睡了，你肖像就走进我眼睛，
　　唤醒我的心，叫心跟眼睛都高兴。

**"眼与心之战"
玄学诗
（下）**

Betwixt mine eye and heart a league is took,

And each doth good turns now unto the other:

When that mine eye is famish'd for a look,

Or heart in love with sighs himself doth smother,

With my love's picture then my eye doth feast,

And to the painted banquet bids my heart;

Another time mine eye is my heart's guest,

And in his thoughts of love doth share a part:

So, either by thy picture or my love,

Thy self away, art present still with me;

For thou not farther than my thoughts canst move,

And I am still with them, and they with thee;

    Or, if they sleep, thy picture in my sight

    Awakes my heart, to heart's and eye's delight.

商籁第 47 首与第 46 首共同构成一组"眼与心之战"的双联诗，但第 47 首的开端却出人意料地刻画了一幅和平的场景。或许是第 46 首末尾"思想"陪审团的裁决平定了双方的纠纷，或许只是两者都不愿在继续争斗中两败俱伤，总之我们在全诗第 1—2 行中就被告知，"我的眼睛和心灵缔结了盟约，／彼此友爱，要给对方帮忙"（Betwixt mine eye and heart a league is took, /And each doth good turns now unto the other）。如果我们记得第 46 首最后对句中的裁决，"你的外表属于我的眼睛，／而你心中的爱，属于我的心灵"，我们会知道，虽然心获得了在一段爱情关系中更核心的部分，即两人之间爱情的互动性，但诗人从未否认爱人的美貌是眼睛的领地。在莎士比亚笔下，美好的外表对触发一段爱情——至少在这段爱情的初始阶段——依然具有不可否认的重要性。《威尼斯商人》（*Merchant of Venice*）第三幕第二场的一首"剧中诗"里有一段类似的表述：

Tell me where is fancy bred,

Or in the heart or in the head,

How begot, how nourished?

Reply, reply.

It is engendered in the eyes,

With gazing fed; and fancy dies

In the cradle where it lies.

Let us all ring fancy's knell:

I'll begin it - Ding, dong, bell. (ll.63–71)

告诉我，爱情萌生于何方？

是在心里，还是在脑中，

它如何诞生？又如何茁壮？

回答吧，回答吧。

爱情的出生是在双眼中，

深情的凝望是它的食粮，

爱情的摇篮也是它葬身的地方。

就让我们把爱之丧钟敲响：

我来开始——叮，咚，当。

（包慧怡 译）

在这首剧中小诗里，莎士比亚回答了自己提出的问题：爱情诞生于何方？它不诞生于心灵，也不诞生于头脑，却诞生于双眼中，并且由情人的凝视滋养。然而双眼既是爱情的诞生地，也是它的葬身处，因为美丽的外表无法持久，终将被岁月摧残。换言之，"眼中之爱"只是爱情的一个阶段，而非全部。在商籁第 47 首中，诗人对"心眼辩论"的传统母题作了激进的革新，使得这首诗比商籁第 46 首更是一首打上了鲜明莎士比亚烙印的、充满奇喻的玄学诗。商

468

籁第 47 首第一节四行诗的后半部分提出了一个困境：爱人的外表虽然归于眼睛，但当爱人不在身边时，眼睛也会因为"看不到"而闹饥荒；对爱人的思念虽然属于心灵，但当爱人缺席，这份思念会用叹息来让心灵窒息（When that mine eye is famish'd for a look, /Or heart in love with sighs himself doth smother）。这首诗和商籁第 44、45、46 首一样，属于"缺席商籁"，记录"我"在"你"远离时的所思所想。"你"不在时，"我"的眼和心都病了，早在第一节四行诗中，外在的病症已被诊断：饥饿和窒息。第二节四行诗紧接着就开出了处方，或者说，描述了对困境的解决——眼睛和心灵决定互惠合作，通过互相邀请对方来赴宴的形式：

With my love's picture then my eye doth feast,

And to the painted banquet bids my heart;

Another time mine eye is my heart's guest,

And in his thoughts of love doth share a part

我眼睛就马上大嚼你的肖像，

并邀请心来分享这彩画的饮宴；

另一回，眼睛又做客到心的座上，

去分享只有心才有的爱的思念

看不见爱人真身的"我的眼睛",决定用爱人的肖像（my love's picture，真实的肖像，或对"你"的容貌的记忆）大摆宴席，同时邀请"我的心"一起参加这"彩画的盛宴"（painted banquet）。礼尚往来一般，心也邀请眼睛作客，在对爱人的情思中分得一杯羹。如此，眼和心互相补充，互相完善，为彼此提供对方不具备的功能，而这一切都是为了更好地去爱。爱之饥荒，以及作为对策而出现的"赴宴"意象，在十四行诗系列的别处亦有表达，比如商籁第 75 首的第 9—10 行，"有时候我大嚼一顿，把你看个够，/ 不久又想看，因为我饿得厉害"（Sometime all full with feasting on your sight/And by and by clean starved for a look）。

商籁第 47 首的第三节四行诗中，诗人巧妙地为他的爱情上了双保险：眼和心通过轮流做东，彼此赴宴，确保"你"即使在缺席时也总是以某种方式在场——不是通过肖像（眼睛做东）就是通过思念（心做东）（So, either by thy picture or my love, /Thy self away, art present still with me）。而"我"的思念能够飞过千山万水去追寻"你"的身影，也就是"你"不可能走得比"我"对"你"的思念更远，不可能逃出"我"的情思的五指山（For thou not farther than my thoughts canst move）。而由于"我""始终和情思在一起"（即我无时无刻不在思念你），情思又始终追随"你"（And I am still with them, and they with thee），这里没有说出的三段论之结论就是，"我"其实始终和"你"在一起，再远的距离都不可能使"我们"分离。对照阅读元素商籁组诗，商籁第 44 首中就已提到"敏捷的思想"能够瞬间越过海洋和陆地，去往它思念的对象身边（For nimble thought can jump both sea and land, /As soon as think the place where he would be, ll.7–8）。莎士比亚的奇喻在十四行诗系列内部保持着相当的连贯性和可互文性。

眼和心的戏份在前八行中一直等重，诗人采取的一直是一句眼一句心的交叉写法，第 10—12 行主要关于心和心的功能"思想"，到了第 13—14 行的对句，原本倾向于心的结构重获平衡：肖像作为一个备选，作为眼睛的战利品，保证说，一旦思想睡着，它就会唤醒这些情思的掌管者，也即"我的心"，而这会让眼和心同样感到欢欣（Or, if they sleep, thy picture in my sight /Awakes my heart, to heart's and eye's delight）。眼和心在商籁第 46 首中对簿公堂后，终于在第 47 首中联手合作，共同完成"爱你"这件头等大事。这种将器官人格化为寓意角色、充满戏剧张力的"诗中剧"，很好地体现了莎士比亚玄学诗的特色。

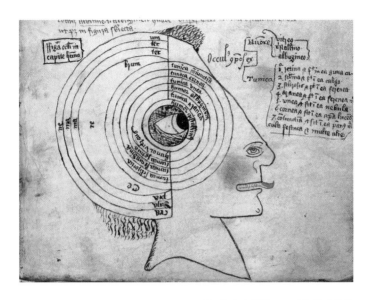

眼部构造示意图，15世纪英国手稿
（Sloane MS 981, f 68r）

我临走之前，得多么小心地把每件
不值钱的东西都锁进坚固的库房——
让它们承受绝对可靠的保管，
逃过骗诈的手脚，等将来派用场！

但是你——使我的珠宝不值钱的你呵，
我的大安慰，如今，我的大忧虑，
我的最亲人，我的唯一的牵记呵，
给漏了，可能被普通的盗贼掳去。

我没有把你封锁进任何宝库，
除了我心头，你不在，我感到你在，
我用我胸膛把你温柔地围住，
这地方你可以随便来，随便离开；

　　就是在这里，我怕你还会被偷掉，
　　对这种宝物，连忠实也并不可靠。

How careful was I when I took my way,

Each trifle under truest bars to thrust,

That to my use it might unused stay

From hands of falsehood, in sure wards of trust!

But thou, to whom my jewels trifles are,

Most worthy comfort, now my greatest grief,

Thou best of dearest, and mine only care,

Art left the prey of every vulgar thief.

Thee have I not lock'd up in any chest,

Save where thou art not, though I feel thou art,

Within the gentle closure of my breast,

From whence at pleasure thou mayst come and part;

And even thence thou wilt be stol'n I fear,

For truth proves thievish for a prize so dear.

乔纳森·贝特在其 2008 年出版的莎翁传记《时代的灵魂：威廉·莎士比亚的生活、思想和世界》中写道："诗中人物无名无姓，甚至连虚构的寓言人物都无姓名，这意味着要'揭示'十四行诗集内容的本相，需要逆向阅读。莎士比亚的初衷是将诗集在私人朋友圈里发行传阅，因此，我们应该允许它们保留其私密性。"[1] 贝特从文本发生学的角度谈论十四行诗系列的私密性，假如我们细读献给俊美青年的组诗中那些最为苦楚的情诗，我们会发现一种迫不得已的、对私密性的绝对需要始终贯彻于诗系列中。诗人对青年的爱慕本质上是一种禁忌之恋，一种"不敢说出它的名字的爱"，这种爱在发生前、进行中和完成后都是谨小慎微的，无论是在主人公所居住的"现实"还是在存档这种"现实"的文本——即这些十四行诗中。这种禁忌之恋的私密性在商籁第 36 首(《分手情诗》)中表现得淋漓尽致："我再也不能把对你的爱开诚布公，/ 以防我可悲的罪过给你带去羞耻，/ 你也不能再当众赐我善意的尊荣，/ 否则你声誉的荣光就会蒙受损失。"(ll. 9–12, Sonnet 36)

在商籁第 48 首中，恋情的私密性由一件日常器物——高度的空间私密性的物质化身——珠宝匣(chest) 来象征。珠宝匣是柜子的一种，其词源来自中古英语名词 chest(e)，chist(e), kist(e)，来自古英语名词 cest, cist，并可进一步上溯到拉丁文 *cista*。作为一件可以在一开一合间化公共空间

1 Jonathan Bate, *Soul of the Age: the Life, Mind and World of William Shakespeare*, p. 209.

为私密空间的物理容器，chest 这个名词涵盖了小至珠宝匣、首饰盒、保险箱、抽屉、骨灰瓮，大至棺材、墓室，乃至《旧约》中的约柜、婴儿摩西的摇篮、诺亚方舟的丰富可能性。商籁第 48 首中的珠宝匣和所有的柜子一样，是一个"藏物之处，人这个锁的伟大梦想者在那里封存或隐藏着他的秘密……柜子的内部空间是一个内心空间，一个不随便向来访者敞开的空间……是物品的单人间。梦想者正是在这里感到自己身处于他的隐私的单人间中"。[1] 诗人在第一、第二节四行诗中采取了对照的写法："我"总是"小心翼翼地"把（无论多微不足道的）宝物锁入珠宝匣中，为的是确保在下一次使用之前，匣中宝物不会被盗贼的手偷走。但"你"比"我"的一切珠宝更贵重，"我"匣中的宝物和"你"相比不过是微不足道的"琐物"（trifle）。"你"是"最无价的慰藉，也是我最大的悲伤（之来源）"，是"一切宝物中最好的，也是我唯一的焦虑（之源泉）"——焦虑（care）这个名词的词源本就来自拉丁文形容词 carus（宝贵的，珍贵的）。对于"你"这无价之宝，"我"却不愿或者不能将"你"和其他珠宝一样锁入匣中：

But thou, to whom my jewels trifles are,

Most worthy comfort, now my greatest grief,

Thou best of dearest, and mine only care,

1　加斯东·巴什拉，《空间的诗学》，张逸婧译，第 93、99、112 页。

Art left the prey of every vulgar thief.

但是你——使我的珠宝不值钱的你呵，

我的大安慰，如今，我的大忧虑，

我的最亲人，我的唯一的牵记呵，

给漏了，可能被普通的盗贼掳去。

"我"在爱情中给予"你"的这份自由，表现在"我"不曾"小心翼翼地"（careful）为"你"上锁，这恰恰成了"焦虑"的源泉（care），因为现在"你"就可能落入任何平庸之辈或任何出身低贱的小偷手中（every vulgar thief）。vulgar 一词在莎士比亚十四行诗中几乎总是和庸众、庶民联系在一起（参见商籁第 38 首），仿佛为了与俊美青年可能的贵族出身形成对照。第三节四行诗中出现了一次弱转折（weak volta），既是第二节的递进和补充，又对统御第一、第二节的核心奇喻"珠宝匣"进行了局部的否定和更新：虽然"我"不曾将心中所爱锁入柜中，"我"却将爱慕的对象锁入了另一个看不见的柜子，也就是我的"心房"，在它那"温柔的密闭空间中"。

Thee have I not lock'd up in any chest,

Save where thou art not, though I feel thou art,

Within the gentle closure of my breast,

From whence at pleasure thou mayst come and part

我没有把你封锁进任何宝库，

除了我心头，你不在，我感到你在，

我用我胸膛把你温柔地围住，

这地方你可以随便来，随便离开

　　诚如加斯东·巴什拉在《空间的诗学》中关于"抽屉，箱子和柜子"的美妙章节所言："在箱子的几何学和隐私的心理学之间有一种对应关系……对最高级的隐藏来说只有一个场所。一旦我们进入这个最高级的古怪领域，这个心理学几乎不曾研究过的领域，人心中的隐蔽处和物中的隐蔽处就属于同一种场所分析。"[1] 在第三节中，诗人的"心房"成了一种珍藏秘密的"珠宝匣"，而其中的宝物——上文所描述的最高级的"你"（greatest, dearest, best, only）——始终以缺席的方式在场，这种在场仅仅通过"我"的情感和想象达成（where thou art not, though I feel thou art），也就使得"你"在现实中"来去自由"（at pleasure thou mayst come and part）。这份自由是"我"爱的方式，却也是"我"的"恐惧"（fear）的根源，这份恐惧广袤无比而深不可测，因为在"你"这样珍贵的宝物面前，任何"诚实的人"都有可能挡不住诱惑而沦为"如盗贼的"：

1 加斯东·巴什拉，《空间的诗学》，第 104、113 页。

And even thence thou wilt be stol'n I fear,

For truth proves thievish for a prize so dear.

就是在这里，我怕你还会被偷掉，

对这种宝物，连忠实也并不可靠。

　　密闭的珠宝匣与开放的心房，微不足道的珠宝和最无价的爱人，这场物理和想象的柜中上演的珍藏（ward）、上锁（lock）和偷窃（steal）的小戏剧尚未结束。"一切实证性都使最高级重新下降到比较级。为了进入最高级的区域，必须离开实证性，接近想象性。必须倾听诗人。"[1]《抽屉，箱子和柜子》一章的尾声仿佛是对莎士比亚这首珠宝匣般精巧却又打开了犹如深渊的内心空间的商籁的最佳注解。在诗系列中唯一另一首以"柜子"为核心奇喻的诗（商籁第52首）中，我们将继续探索想象之柜的秘密。

1　加斯东·巴什拉，《空间的诗学》，第113页。

《淑女与独角兽》系列挂毯之六《致我唯一的欲望》（A Mon Seul Désire），今藏巴黎中世纪博物馆。画面中淑女将此前五幅壁毯中自己始终佩戴的项链解下，放入侍女手中敞开的珠宝匣内，大多数艺术史家认为这一幕象征对之前五幅壁毯刻画的感官享乐的弃绝

恐怕那日子终于免不了要来临，
那时候，我见你对我的缺点皱眉，
你的爱已经付出了全部恩情，
种种理由劝告你把总账算回；

那日子要来，那时你陌生地走过去，
不用那太阳——你的眼睛来迎接我，
那时候，爱终于找到了严肃的论据，
可以从原来的地位上一下子变过；

那日子要来，我得先躲在反省里，
凭自知之明，了解自己的功罪，
我于是就这样举手，反对我自己，
站在你那边，辩护你合法的行为：

　　法律允许你把我这可怜人抛去，
　　因为我提不出你该爱我的根据。

Against that time, if ever that time come,
When I shall see thee frown on my defects,
When as thy love hath cast his utmost sum,
Call'd to that audit by advis'd respects;

Against that time when thou shalt strangely pass,
And scarcely greet me with that sun, thine eye,
When love, converted from the thing it was,
Shall reasons find of settled gravity;

Against that time do I ensconce me here,
Within the knowledge of mine own desert,
And this my hand, against my self uprear,
To guard the lawful reasons on thy part:

 To leave poor me thou hast the strength of laws,
 Since why to love I can allege no cause.

在一组玄学诗中间出现的这一首元诗中，诗人以咏叹调式循环往复的诗节，向十四行诗系列的头号大反派"时间"发起了挑战，只不过这次不是针对普遍的时间，而是针对一个特定的时辰或日子（that time）。

文德勒将商籁第 49 首看作一种"辟邪咒语"（apotropaic charm），诗人通过事先批准"你"只要不再爱"我"就可以随时离开，"通过谈及那不可谈起之事，来阻止它发生"。[1] 全诗的三节四行诗均以"为了抵御那个时辰"（against that time）开头，的确很像古英语文学传统中那些被冠以《抵御侏儒》《抵御视力衰弱》《抵御呕吐》等题目的咒语诗（charms），也使这首商籁读起来像诗人为了一种不可避免会降临的未来所开出的诊疗书，虽然在第一节四行诗中，他使用的句式仍是假设性质的：

Against that time, if ever that time come,
When I shall see thee frown on my defects,
When as thy love hath cast his utmost sum,
Call'd to that audit by advis'd respects

恐怕那日子终于免不了要来临，
那时候，我见你对我的缺点皱眉，
你的爱已经付出了全部恩情，
种种理由劝告你把总账算回

1 Helen Vendler, *The Art of Shakespeare's Sonnets*, p. 245.

到了第二节四行诗中，第一节中的 if ever that time come（要是终有那个时辰）的条件从句"补丁"消失了，让位于一组并列的、一般将来时的时间从句，"那时你将会如陌生人般（从我身边走过），/几乎不用那太阳（你的眼睛）看我一眼；那时爱情已经转了向，今非昔比，/它将找到种种（离弃我的）庄重的理由"（Against that time when thou shalt strangely pass, /And scarcely greet me with that sun, thine eye, /When love, converted from the thing it was, /Shall reasons find of settled gravity）。用太阳来表示眼睛，或者用眼睛来表示太阳，这种双向的象征活动我们在诗系列中已经多次看到过。比如在商籁第 7 首（《太阳惜时诗》）第 2 行中，凡间的人们被描述为"处于那只眼睛之下的每个人"；或在商籁第 18 首（《夏日元诗》）第 5 行中，夏日炽热的太阳被称作"苍穹之眼"（the eye of heaven）；或者在商籁第 25 首（《金盏菊博物诗》）第 5—6 行中，决定那些攀高枝者的命运的贵人的目光被称作"太阳之眼"，阿谀的朝臣们则被比作随日而转的金盏菊（Great princes' favour-ites their fair leaves spread/But as the marigold at the sun's eye）；又如在商籁第 33 首（《炼金玄学诗》）开头两行中，在无数个辉煌的清晨爬上山巅、为苍白的溪流镀金的朝阳被称作"那只高贵的眼睛"（Full many a glorious morning have I seen/Flatter the mountain tops with sovereign eye）。

但在商籁第 49 首中，"你的眼睛"（thine eye）虽然被称作"那颗太阳"（that sun）——为此莎士比亚不得不使用了单数的"眼睛"来借代"你的双眼"——诗人却是在星相学意义上使用"太阳"这个意象的。也就是说，"太阳"被当作地心说宇宙中的一颗"行星"，和该节中描述的（"你"对"我"的）"爱"（love）一样，会偏离轨道或者转向（converted from the thing it was），也同时服从引力法则（参见商籁第 14 首《占星惜时诗》）。如果我们把第 8 行（Shall reasons find of settled gravity）中的 gravity 理解为万有引力或者重力，那显然是犯了年代误植的错误，毕竟莎氏写作的时代距离这些概念被正式提出尚有一个世纪之久——本句中的 gravity 更接近于凝重、严重、庄重之义（sobriety, seriousness, dignity）。但假如就此判定文艺复兴时期乃至中世纪的写作者对于这些概念没有任何本能的认知，这也完全是错误的。早在中古英语诗歌中，杰弗里·乔叟、约翰·高厄等备受莎氏尊崇的文学先驱就清晰地描写过这类天体运动，虽然施加于它们的那种力量尚未被命名。比如在乔叟的梦幻诗《声誉之宫》（*The House of Fame*）第二卷第 730—736 行中：

That every kyndely thyng that is
Hath a kyndely stede ther he

May best in hyt conserved be;

Unto which place every thyng

Thorgh his kyndely enclynyng

Moveth for to come to

Whan that hyt is awey therfro (ll.730–36)

每种存在的自然之物

皆有一种自然位置，

于彼　　得到最佳存置；

向彼所处，一切事物

凭其自然的秉性

转动不息。

（包慧怡 译）

　　C. S. 刘易斯对乔叟这段著名的诗有如下评注："现代科学的基本概念是——或者前不久还是——关于自然'法则'（laws）的，并且一切事物都被描述成'遵循'法则而发生。在中世纪科学中，基本概念却事关物质本身内在的某些交感、抵触和挣扎。万事万物都有自己正确的位置，它的家园，适合它的场域。假如没有被强行约束，它就带着一种归家的本能向彼岸转动……每个下坠的物体对我们现代人而言都展现了重力的'法则'，对中世纪人却展现着天体们回归其'自然位置'——地球，世界的中心——的'自然的秉性'。"[1] 而处于中世纪和刘易斯的"现代"之间的莎士比亚，往往在一种暧昧的双重维度上使用"law"这个词及其衍生词。一方面，这个词回响着都铎时期宫廷和民事诉讼的喧嚣，是莎士比亚擅长移用到情感领域中的法律术语，如我们在商籁第 46 首（《"眼与心之战"玄学诗·上》）中，或者在《威尼斯商人》中夏洛特对"法律无情"的强调中所看到的那样。另一方面，莎士比亚这位站在中世纪与文艺复兴两条巨流交汇处的词语大师，恰恰时常在"自然的法则 / 秉性"的意义上使用 law 这个词及其变体，就如我们在本诗第三节和对句中将看到的那样。"你"厌弃并离开"我"在"法律"上自然没有任何障碍，更多地是遵循"自然的法则"——"你"那么青春貌美、出身高贵，"我"却年老而无名，"你"终有一天要弃绝"我"简直是再自然不过的事，就如星体遵循各自的轨道和引力法则运行一般自然，所以：

Against that time do I ensconce me here,

Within the knowledge of mine own desert,

And this my hand, against my self uprear,

To guard the lawful reasons on thy part:

那日子要来，我得先躲在反省里，

凭自知之明，了解自己的功罪，

---

1 C. S. Lewis, *The Discarded Image*, p. 92.

我于是就这样举手，反对我自己，

站在你那边，辩护你合法的行为：

To leave poor me thou hast the strength of laws,

Since why to love I can allege no cause.

法律允许你把我这可怜人抛去，

因为我提不出你该爱我的根据。

"我"在这则"辟邪咒语"中为了对抗那个几乎必然要到来的、"你"不再爱"我"的日子，做出了最后一个决绝的姿势：举起手（my hand），同时也是举起笔（my hand-writing/my hand of pen），把"我"自己的所想、所思、渴望和激情"藏在这里"（ensconce me here），也就是这首诗中，或是整个十四行诗系列中。唯有在为"你"写下的这些诗行中，"我"既保存了"我自己"，也完成了对"你"的终极辩护：离开"我"吧，这首诗一开始"我"就已"准许"和原谅了"你"可能的背叛。只要这些诗还在，只要"人类在呼吸，眼睛看得见"（《夏日元诗》），"我们"的爱情就将永远在这些诗行里活下去。在元诗系列中，第一次，诗人要"藏于诗中"并保全的，不再是俊美青年的完美形象，而是爱情本身，无论它在多大意义上具有诗人所渴望的那种互动性。比起"辟邪"或"治疗"，诗人在本诗第三节中举起的手势本质上是一个"元诗式"手势：诗歌可以使得诗人的爱情永生，在爱者和被爱者死去千百年后，这份页间的爱依然可以被吟诵、默读或思考，并激励或抚慰未来世代的爱人。在这一意义上，商籁第 49 首的确做到了"抵御时间"（against that time）。

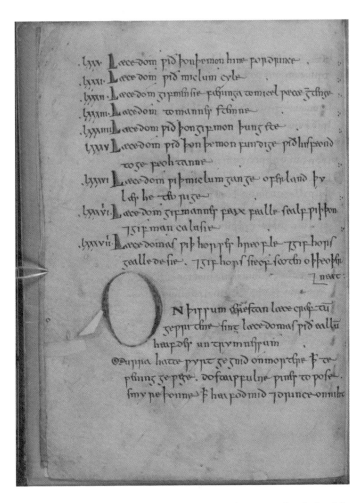

收录大量古英语辟邪咒语的《巴尔德医书》，
10世纪英国

490